· BOTANICAL LIFE ·
Seiko Ito

阳台人
的
植物生活

[日] 伊藤正幸 ——— 著
吴菲 ——— 译

上海文艺出版社

阳台人
暂且的十条戒律

一：愿适当疼爱

二：坚信植物枯死是由于摆放位置不当

三：不可将土扫向邻居阳台

四：别人抛弃的要收留

五：食用后应找寻有没有可栽种的种子

六：只要浇水总能成活

七：不求缝隙家具只求缝隙花盆

八：且凭观察力独断专行

九：老太太是信息源

十：狭小乃智慧之泉

Contents 目 录

	出版寄语	I

1996 年

10 月	芦荟：落下来的芦荟	003
	多头菊：多头菊的由来	005
	鳄梨：作为基督的鳄梨	008
	日日草：起搏器及领跑者	011
11 月	十一月的天候：植物冷硬派	017
	蟹爪兰：短日照处理的日子	019
12 月	十二月的房间：冬天的都会派	027
	水草：想要的只是水草	029
	球根们：雏鸟的诞生	032
	朱顶红：荣获最优秀盆花奖	036

1997 年

1 月	蝴蝶兰：第二次人生	041
	风信子：解冻生命	044
2 月	水草：那可怖的策略	049
	阿拉比卡种咖啡：安静的老资格	051

3月	阳台：那些消逝的东西	057
	金鱼：白一号之死	061
4月	六出花：窗边一族之豹	065
	绿萝：反观叶主义者的无力抗争	068
5月	阳台：绿意萌发	075
	芍药：切花中的帝王	078
6月	西洋菜：徒长的香草	085
	阳台：搬家与阳台	088
7月	七月的阳台：与夏季战斗的阳台人	093
	牵牛花：颜之空间	097
8月	金鱼：反向生存者	103
	莲：憧憬的尽头	106
	牵牛花：阳台人的矛盾	110
9月	文心兰：抛弃弃儿	113
	茄子：千里挑一的永远	118
10月	仙人掌：仙人掌一家	125
	曼陀罗：谜之入侵者	129
11月	十一月的阳台：大丽花之紧急治疗	137
	昙花：徒长的怪物	140
12月	朱顶红：圣诞节的新恋人	147
	翡翠木：小小的死者复活祭	150
	野梅：病愈的回忆	152

1998年

1月	一月的阳台：西向的苦肉计	157
	那个男人：再见吧，朋友！	160
2月	绿萝：受苦的圣者	165
	空气凤梨：意外的礼物	169
	日日草：一切为了春天	172
3月	槭树：长期寄养物	179
	蒲包花：气球与金鱼	184
4月	香草：一本正经的杂草	189
	野梅：擦边的盆景	192
5月	碗莲：小小的棘手之物	197
	植物生活：一切都是阳台植物式的	200
	苗木集市：阳台人狂喜	203
6月	芍药：沮丧的典型	209
	含羞草：杂草的价值	211
7月	虫们：梅雨的现象	217
	阳台人思想：火箭的去向	221
8月	睡莲：节祭之后	227
	木槿：老蝉之恋	231
9月	仙人掌：仙人掌倒塌	237
	垂吊蕨：卫生间大作战	240
10月	文心兰：蝴蝶报恩	247

11月	青鳉:学校	255
12月	仙客来:歌曲的功过	261

1999年

1月	再度槭树:哆啦A梦独立	267
2月	槭树:哆啦A梦的瀑布浴	273
	鸽子:不请自来之客	275
3月	拼盆:一盆乱麻	281
	春:大家都已知晓	284
4月	阳台:所谓忙得想找猫做帮手	289
	四月的思考:为何我们将花儿置于近前	292
5月	五月的鱼:青鳉增殖	299
6月	落地生根:喜新厌旧	305
7月	泗色:六出花	311
8月	大忙特忙:青鳉与幼虫	317
9月	醉芙蓉:纪州与东京	325
10月	花束:作为花瓶的花盆	333
11月	水蚤:发育不良	339
12月	花盆:永远的反复	345

文库版后记　　　　　　　　　　　　　　　　　349

出版寄语

这是一部阳台人的手记。

阳台人（verandar）。这称呼与园艺家（gardener）的不同可说是一目了然。我们选择了没有庭院的都会生活，在阳台上享受着植物生活。

有一个词叫阳台园艺。从而也有阳台园艺家的称谓。然而与真正的园艺家不同，我们这个阶层，是没有时髦的英语词可对应的。因此，明明没有庭院，却落得阳台园艺家这么个充满了语义矛盾的词。这到底，算什么呢？教人不禁想问个清楚，打理的是阳台还是庭院。

但是，今后尽可放心了。敬请各位堂堂正正地自称阳台人就好。在报上此名的瞬间，会不可思议地感到振奋，甚至生出一股蛮勇之气，觉得无论如何也不屑于拥有庭园什么的。住在如此狭窄房间里的我多么悲哀，这里不过是暂居之所，诸如此类的消极情绪也顿时飞到九霄云外。人生万事需肯定。也可称之为自我欺瞒。

那么，已经先瞟了一眼正文的读者当中，大概有不少人会不适应"俺"这个第一人称吧。也可以想见，会有高雅的太太们皱起眉头，认为"俺"这样的词，对于园艺而言太过粗鲁。

如果说自己喜欢种盆花，喜欢在阳台上浇水什么的，总会让人觉得你是个非常和善高雅的人。在恶性犯罪事件之后的采访中，常常听到人们说，"（罪犯）平时是个很好的人"之类的评语，实际上那很可能不过是"平时经常给蜀葵浇水"的意思罢了。喜爱植物即是"好人"的象征。然而不论多么冷酷的人或是残暴之徒都一样栽种植物。不管是散漫又自私自利的人，还是勤恳又体贴周到的人，都同样会对绽开的花朵露出笑脸。

不同之处，仅仅在于是否用心而已。本人却总是不够用心。天气太冷时，便懒得开窗，于是拖延一天不去照拂。眼见植物已完全枯萎，却仍然不想承认事实，甚至将后事拖到一个多月以后才去处理。施肥的方式也很草率。直到盆土干透了都不浇水也是常事。也曾把柔弱的花儿放置于西晒之下，自己却在一旁悠然地抽烟。从植物的角度来看，俺一定是个缺乏爱心的人。

但即便如此，俺已经非常尽力了。为花枝枯萎心痛，看见盆土表层长霉便大惊失色。每当这时，俺已是前所未有地爱着除俺之外的生命。

自身人格的不完整，由植物来守护。也许，这才是阳台人这个词的真正含义。

正因为是这样一个不完整的植物爱好者，本人才特意粗暴地使用"俺"这个词。算不上本着正确的知识培育植物，也并非总能把植物整饬得漂亮可人。简直就像土匪掳掠了美女一般毛手毛脚，并且提心吊胆，俺一直以来就是这样观赏植物的。

这就是这本阳台人植物生活之书的全貌。

某一天很突兀地，这份手记开始了。

并非受了谁的嘱托。也并非一时兴起要拿去给哪里的杂志发表。

是个人主页。

也就是说手记始于读者是自己、编辑也是自己的状况之下，但不知为何，俺每月一直不停地写着。不存在实质上的截稿日。也没有规定的文字量。这种自由度让俺特别有新鲜感。每月每月，想写到无法自已，俺任由着文章生长，不停地敲击着键盘。

原先就曾为卡雷尔·恰佩克大师的名著《园丁的一年》深受感动。俺被洋溢在全书中的那种不求回报的爱击中，意想不到地流着眼泪读完。

俺无法抑制地也想写点儿什么。当然不可能跟大师比，也并不是想模仿一下。总之，就是被一种"这不是迫不及待什么是迫不及待"式的激情驱动着，俺开始重新仔细地审视盆花，将它们的成长情况写成了文章。脑子里根本不曾想过谁会读的问题。一心只想写下来。如同豆芽突破豆壳成长起来般不需要理由。

然而，来自读者的邮件逐渐多了起来。一旦偷懒，就有人来催促，问"下次什么时候更新"。不知不觉间，读者成了直接编辑。俺最讨厌的就是被催促。原本就鲜有拖稿的问题。自认为自我管理算是相当严格的。所以，明明不是截稿日，却有编辑来探听情况，怎不教人生气。于是，稿子反倒写得慢了。也是相当的矫情。

不知情的读者们越发带劲地催了起来。这边因为不愿被催促，于是奋勇地写了一篇又一篇。为了胜过对方，把稿子哗哗地发上去，就是要让他们没法再催第二次！

就这样，在自以为出招其实是中招的过程中，岁月流走了。这期间，神奇的是，纪伊国屋书店的 i feel（也是一份网络杂志）将这些文章用作了连载。而且截稿日和文章长短都保持了自由。机遇难得，于是写得越加带劲。

出于网页的特性，随便从哪个章节开始读都是可以的。因此成书之后，显得冗长的部分也很多。把在意的地方做了修改，但修改太过的话，气势又会消减。不请自作这种给人添乱的热情若是凉了也挺可惜的，所以大多任其保留。还请多多谅解。

希望读者从想看的章节开始，随意阅读即可。反正就是些土匪的胡话而已。

保留了日期，是因为阳台人同好们可能会由此生出"啊，那天刮了台风啊""那年干旱了很长时间呢"之类的同感。植物的循环不用说大多以一年为期。虽说是一样的发芽开花，但毕竟每年的状况还是会有稍许变化。没注意到花芽，或是没能及时修剪其他新芽的话，就不能期待结果了。仅仅是花盆的位置变了一点点，其后的生长也会发生激变。更不用说还有人类无法掌控的气象影响。

然而，只要有太阳，那变化就会不断重复。

就算人类死绝之后也会继续重复下去吧。

因此，小小阳台上的这些琐碎的随笔，也不过是与周而复始持续的植物生命那短短一瞬的嬉戏记录而已。

不，正因如此，想要坚称这些随笔在多年后读来依然恒久，那原因其实是一种无谓的不甘心，因为，俺只能是个人类。

唉，与其说些艰涩的事，何不到阳台上去浇浇水呢。

BOTANICAL LIFE

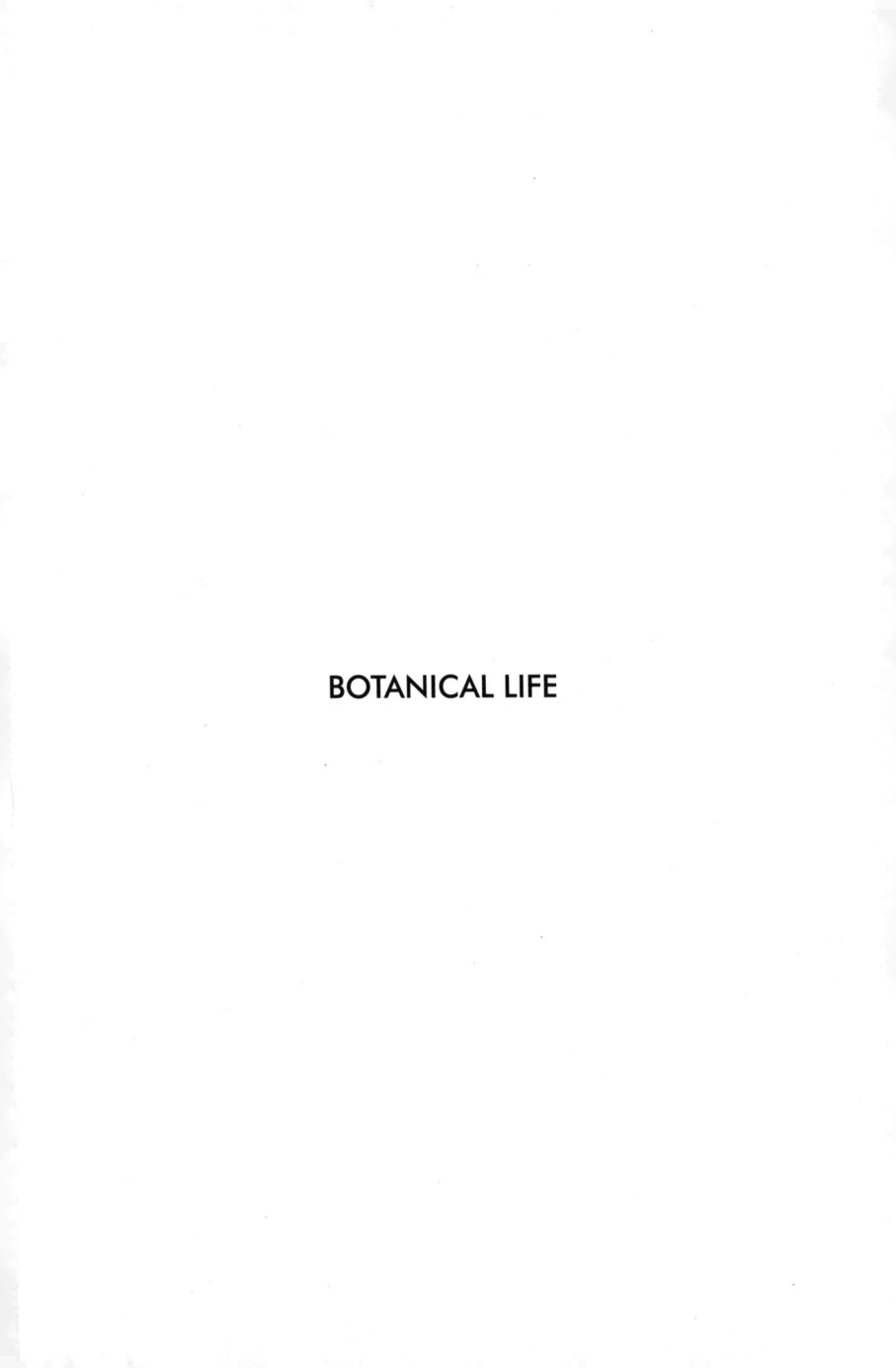

1996 年
10 月

(October)

芦荟：落下来的芦荟 [1996.10.2]

捡到一根芦荟。是叶子的尖端。

而且是在斑马线附近。

发现时并没有任何想法。心跳在一瞬间稍稍加速，之后只是理所当然地捡起。锯齿状的绿色叶子，正好像章鱼的脚爪，也许周围的人反倒颇有些震惊。一个把帽子深深扣在头上的男人，在斑马线前方蹲下来，随后将绿色的章鱼爪拿在手里，再次迈开了脚步。

而且，男人面带着微笑。

他一边笑着，一边瞟着章鱼爪，那模样就像拿了糖果回家的孩子一样。

并且，即便是发现有东西落在地上，他的动作也太过自然，脸上亦是一副极其理所应当的表情。

一边等绿灯，一边甩动章鱼爪。那感觉完全就是拿着自己的东西，连看都不看，只是用指尖试探着手感。

就那样，男人和绿色的章鱼爪一起穿过车道，消失在小路尽头。

这应该是一桩给人留下相当奇特的印象的事吧。

然而对于这个男人来说似乎是自然的。

喜欢盆花，随意栽种着各种花草，从早到晚看着它们。既然如此，当一根芦荟突然落在自己眼前的话，当然只有捡起来。

毕竟，就连别人家院子里伸出的枝条都会想剪下，落在眼前的实在难得。

等于是没有犯下任何罪行，就可以为植物生活增添色彩。

回到家后，赶紧拿出合适的花盆，往其中倒入赤玉土[1]即可。

芦荟种在排水良好的土里，简直就像返航回到地球之后在别墅里安顿下来的宇航员一般。一边悠然品味着重力，一边舒展背脊，随后大概还会有心生个孩子什么的吧。

反正，就是落下了。

在捡到的一方看来，认为它是从天而降然后又冒出来的，才是自然的。

以为是谁在搬运途中落下的话，反倒有编造之感。

于是，芦荟挺立在俺家的窗畔。

因吸水稍多，冲入大气层时所受的伤正扩散开来，但那也是没办法的事。

总比漂浮在宇宙之中，一不小心落在火星上要强得多吧。

这就是芦荟。

若自己治不了自己的伤，它的灵魂是会哭泣的。

---

[1] 赤玉土，用于盆花或扦插的赤褐色粒状园艺用土。——译者注，以下同

然而两周后，这家伙在对地球环境以及自己治愈能力之不济的哀叹中死去了。

多头菊：多头菊的由来 [1996.10.16]

阳台上，还有个叫多头菊的家伙。

去年秋天，被一盆开得爆盆的黄花吸引，便将它买了来。

花儿们齐心协力聚成半球形，形成一个有弹力的爆炸头的形状，一时间里很是装点了阳台。

枝茎本身大约只有十根吧。同样长短，上面长出枝条，枝条上可谓蓬勃地到处开出花来。

如此可爱之物，究竟是谁给取了个多头菊的名字呢？

记起当初曾为此感到同情。觉得实在太过分了。

带着同情，俺细心地给它浇水，并施以液肥、菜籽油渣之类，惟愿那美丽的黄色球体能尽量长久地闪耀下去。

毕竟，这些家伙的本领就在于联合起来开花，以整体的调和来赢得人的感叹。

这类花的美感，若是崩塌了哪怕一个角，就会失色。

比如长了虫，造出一个奇怪的絮状的窝，或是不小心枯死了一根枝茎，那团体操式的调和便轻易地乱了阵脚，一盆花顿时变得犹如残骸一般。

正因如此，俺对它的照料极其尽心。

幸好，多头菊顺利地成长起来，一边成长，一边不断地开花。

随后冬天来临，多头菊的花朵齐刷刷地凋谢了，叶子变成了枯黄色。

枝条充分干枯的时候，俺拿出剪刀，把它们全部修剪成同样的长度。

然后，用心浇水，留意着不要因施肥过多而使其枯萎。

就这样期待着第二年秋天，它又会做出一个漂亮的黄色球形，用那弹力感和重量感来取悦于俺。

春去夏来，多头菊依然顽强地继续长叶子。

大概是受不了炎热吧，枝条和叶子的枯黄色日渐加重，而且似乎在向灰色转化。尽管如此，在多个正走向死亡的盆栽当中，这家伙总是很能喝水，这让身为饲养者的俺鼓起了勇气。

然后，在风渐渐冰凉的初秋，这家伙终于在绿叶繁茂的枝头长出了大约蜻蜓眼珠大小的花蕾。仔细一看，到处都长了眼珠。俺感到了称之为狂喜也恰如其分的狂喜。

毕竟，太突然了。

因为俺已经处于这种时期：浇水已彻底惰性化，仅只查看土层表面的干燥程度。枝叶顶部什么的，都没多看一眼。

忽然，真的是忽然就发现了。

多头菊今年也做好了开花准备!

然后,在仅仅三天之前,花朵终于开始了绽放。

呈现绿色、显得硬实的蜻蜓眼珠,借着从内部发出的力量膨胀、张开,然后将小小的蜻蜓翅膀般的黄色花瓣一片一片地向这世界绽放。

然而此时已十分明了的是,它们并未像去年那样展开华丽的团体操表演。

只因俺太爱这些家伙,一概未做中途的修剪。

枝茎们各自伸向任意的方向,并在伸到的地方开起花来。

所以现在,在阳台上,俺所爱的多头菊的枝茎,正要讴歌那第二年才获取的自由主义的世界。任由干枯的根部暴露在外,只管将花朵美美地炫耀着。

恶汉们今天也随心所欲地、乱蓬蓬地继续绽放着它们那黄色的花朵。

现在才理解了将之命名为多头菊的人的心情。且可以由衷地赞同。

不过,准确说来,应当命名为"第二年多头菊"。

鳄梨：作为基督的鳄梨 [1996.10.16]

在车站前的超市将鳄梨买下的时候，还不曾有那样的野心。

可是，当剥了皮，用菜刀切开，再把它切成小块儿，并滴了几滴酱油的时候，俺已经开始考虑花盆的事了。也就是说，那是在即将把芥末装入碟子时的事。

用餐过程中，已是一心只想着鳄梨的栽培了。所以，与其说是享受了自制的鳄梨沙拉的味道，倒不如说在考虑着"成熟到这个程度的话，种子应该也有心成活了吧""菜刀不小心切伤了一点儿种子，应该不要紧吧"之类的事。关于这顿饭的其他菜，则完全不记得了。

一吃完饭，等不及收拾碗筷便打开窗户，将阳台巡视了一遍。两眼放光，只为寻找究竟哪个花盆适合埋下鳄梨种子。

鳄梨种子这家伙，有副极其可靠的样貌。

沉甸甸的，有鸭蛋那么重，且闪着黑亮的光。

仔细想来，种子有时比果肉更重，所以俺们可以说是在为种子付钱。恐怕这比重如果相反的话，鳄梨也不会赢得今天这样的高级感吧。说起来，这水果就像尽是厚厚包装纸的过年礼品一般。

实际上，最为鳄梨种子不合情理的重量而烦恼，莫过于丢弃它的时候。

因为太重，种子穿过其他垃圾，必将到达垃圾箱底部。"嘭咚"一声，简直就像扔进一颗石头那么夸张。怎么说呢，其至怀疑种子比买来的鳄梨仿佛更重一些。对，很可能真是这样。

既然如此，为何不把种子种来看看呢。毕竟，卖的就是种子嘛。绝不是果肉。

只要是爱种花的人，不论谁都会这么想吧。

所以俺也就种了。选了个黑色陶器材质、形状略圆的花盆，装入预先积攒在大盆中的"死者之土"。

所谓"死者之土"，是指已经死去的其他植物曾伸展根须的土。俺把那些土归到一处，不时搅拌一下。擅自推测，混入了腐烂的枝茎和根须，土质大约会变得肥沃，而另一方面，也是觉得买来好几公斤重的新土太麻烦。于是特地取了"死者之土"这样一个名字来敷衍自己。

所谓美学，即指这样的敷衍。所以要当心"死者之丘""为国捐躯者"之类看似美好的言辞。只不过觉得买来好几公斤重的新土太麻烦而已。不论是国家规模的悲剧，还是小小阳台之内的事，人在嫌麻烦的时候，就会使用美学。

不管怎样，俺将它种下了。

并且，对丝毫没有发芽迹象的鳄梨感到了厌倦。

向熟人打听后得知，鳄梨与其种在土里，更好的办法是，在种子两侧插上牙签，然后架在装了水的杯子什么的上面。

然而事到如今，俺不想采用那如同磔刑示众般的做法。

毕竟，俺的鳄梨已经长眠于"死者之土"深处。将它挖出来处以磔刑，等于是冒渎死者。所以俺干脆只当是多出一个死者，来为花土增肥好了。

然而，不知不觉间，它出芽了。

自埋葬大约过了一个月，种子大概是长了根，推开了黑土和重力，将它的芽伸了出来。

是个直径大约五毫米的相当气派的芽。

笔直地刺向天空。

肌肤仿佛在淡薄的绿色之中夹杂着浅浅红色。因为表面是透明的，所以连内部的色素也显露出来。几乎让人怀疑是那个男子汉全新的生命姿态。它似乎很敏感地沐浴着阳光，

与"死者之土"的美学毫无关联，新芽持续生长。发现它之后还不到三天，也不知是从哪里如何产生的，在胴体的侧面长出了约三毫米的叶子的雏形。仔细一看，就好像害羞的孩童用手抱住头的样子，顶端部分伸出了两根小小的手臂。

将那不合情理的重量全部隐藏在土中，鳄梨轻盈地朝向天空。

为何诸君要将鳄梨的种子扔弃呢？

毕竟，鳄梨卖的就是种子啊。赶快将果肉吃了，立刻将种子种下吧。

就算没有"死者之土",俺们冷酷地将它处以磔刑即可。

日日草:起搏器及领跑者 [1996.10.25]

日日草早在阳台植物生活初期就已生存在俺的阳台上。

它在花店总是保持六百日元左右的售价,从夏天到秋天的漫长时期,它几乎一直被撂在货架上。所以,可以说这家伙是一种比较容易被小看的花草。

但是,身在都会的园艺爱好者绝对不会轻看这家伙。

几乎每天都开花,凋谢,然后又不断地开花,凋谢。其风采要说不起眼的话的确是不起眼,然而与这家伙同样尽职的盆花,可说是别无其他了。

给窗畔或阳台增添一抹色彩的花,无疑也可以说它点亮了都会的生活。但是,所谓的开花植物,其青春是短暂的。

呀,开花啦开花啦。这样的喜悦不过是转眼之间,紧接着便有花朵开始枯萎。慌慌张张地施肥,或是做些休克疗法,一通手忙脚乱。但青春就是青春。肌肤的棱角终究难以掩藏,植物早已不知懈怠地朝着下一步"壮年发光的我"开始了准备。粗壮的枝干长得更加壮实,花朵周围覆盖了绿油油的叶子。

如此说来,日日草这家伙可真了不起。

首先是长花蕾。这玩意儿大约只要一天，就突兀地长了出来。然后开花。还等不及想它该谢了吧，那突兀伸出的、细细的接力棒似的部分就连花带梗凋落了。但是紧接着，一旁的花枝上已经长了新骨朵，所以俺倒也不至于失望。

简直就像复杂的接力比赛一般，从那边的花到这里的花，从这里的再到那里的，日日草将接力棒不断传递着。并且，在大约两个月的时间里不知疲倦地持续着这小小的大运动。

刹那间凋谢的樱花美学，和一直持续绽放的生命力的讴歌。同时拥有这两者的日日草，还是廉价的。这家伙才真正是盆花中的盆花。

写作"日日草"，发音却是"nichinichisou"，这本来很是令人懊恼。俺一开始曾将它念作"hibisou"，是得了住在鸭川的自然派作家村山由佳女士的指正。"nichinichi"[1]什么的，通常只有报纸之类才会取这种名字吧。这样的意外也令俺发笑。

虽是闲言，当年俺翻译戏剧界屈指可数的天才组合马克斯兄弟（the Marx Brothers）于六十年前主持的广播节目的全部脚本时[2]，曾有格鲁乔（Groucho）提及"日日草"这个名字的场

---

[1] 明治时代曾有名为《日日新闻》的报纸。

[2] 马克斯兄弟是五个亲兄弟组成的美国喜剧组合，其表演从百老汇舞台延续到电影。伊藤正幸曾于1995年出版《马克斯收音机》，是马克斯兄弟的广播节目脚本的译本（1932年11月至1933年5月）。

面。格鲁乔假冒巫师假装与鬼魂对话,这时他竟然说道:"噢,来了来了。小小的日日草从另一个世界跟我说话呢。"

原文写的是"Ah, I hear the voice of little Periwinkle talking to me from another world."这是他不顾奇科·马克斯(Chico)的阻止,一心要与鬼魂对话的场面,所以,他故意戏弄奇科,将他当作日日草的鬼魂来戏弄。从噱头的成因来说,这应当算是即兴台词。可以想见,格鲁乔本人说不定也是看不上日日草的。即使"Periwinkle"是谐音梗,也并无二致。

感觉格鲁乔始终把日日草看作是可爱又蠢笨的东西,这大约也不过是出于俺的偏心吧。然而,至少该植物的长处在于强韧到蠢笨的地步,并且非常可爱,这是肯定的。反正,这些家伙只管擅自召开运动会,也没人要求,它们依然不管三七二十一地将接力棒传递下去。

在俺家窗畔,当那接力棒的最末一棒终于落下,终究只剩下叶子的时候,俺不得不再一次确认早已一次次在图鉴上确认过的知识。残酷的是,印刷在那里的事实并无变化。日日草是一年生草本。

即便如此,俺终于没能将它从花盆里拔掉。因为那绿色的叶子一天天长大,枝茎的高度也如同杂草般不断地生长着。

于是,俺将花已开完的日日草用作其他盆花的起搏器。有时将它放在秋风渐冷的阳台,有时又让它直面冬日寒风,或者将之移到西晒开始变得强烈的窗畔，总之，俺试图由此来考察各个时期不适宜放置花盆的场地。

换言之，就是在我方盆花军团布阵之际，将日日草派做了斥候。反正这小子非常坚强，稍微有点问题，它是不会屈服的。并且，水一干它就发蔫，由此告知该浇水的时间。多亏了它，其他盆花们才能以万全之势展开战斗，并得以在适当的时候获得充足的水分补给。

就这样，以完美的工作表现度过一年的日日草三等兵，又在窗畔的强烈西晒中送走了盛夏时节。然后，夏季结束。它竟然在已长得十分高大的枝茎顶端，又拿起了接力棒。俺感动得几乎落下泪来。

这家伙一边执行着如此艰巨的任务，却依然准备如常召开运动会！工作也是有限度的啊，日日草！俺嚎啕了，一边嚎啕，一边采摘旁边的罗勒叶。

然后两个月过去了。

这家伙如今依然脚步蹒跚地继续传递已明显减少的接力棒，同时每天凝视着俺。这家伙想说什么，俺最清楚。

日日草三等兵是想到早早迎来了秋寒的阳台上去。

就这样，它是想率先站在新增军力的花盆们的前列，今年也主动肩负起危险的任务啊。

1996 年
11 月

(November)

十一月的天气：植物冷硬派 [1996.11.6]

得以久违地休几天假。真的是久违了。

从今天开始的三天，俺可以在家悠闲度日。虽然有截稿日，但并不是什么痛苦的事。写小说以外的文字如同做饭吃一般的日常，没东西可写的时候，就这样把植物的事写成文字。俺就是这样的人。

这就是所谓的植物冷硬派嘛。

今天异常地冷。正午过后起来开窗的瞬间，就为过度的寒冷吃了一惊。空中覆盖着仿佛要飘雪的厚厚的云层，从远处车道传来的响声也显得十分沉重。简直不敢相信直到昨天气温还那么温吞。这就是冬季的气候。

将放在阳台上的硬纸箱拿起来。里头有三个蟹爪兰的花盆。两个小盆是用摘下的叶子扦插新增的。

是的，俺正每天坚持做短日照处理。关于这混账的工作留待下次再写，先接着说俺自己的事吧。

望着新芽长大带了红色的臭小子蟹爪兰，身穿睡衣的俺思考着。

若是从前，俺可是无法接受这样的天气变化。昨天暖和的话，就只会想象今天的温暖减少一点点。渐进式的变冷是由秋到冬，渐进式的变暖是由冬到春。然后夏天来临。对季节的认知就是这样机械式的。

俺在至今为止的三十五年里,以为季节就像彩虹那样,是描绘着递进的层次而变化的。以为这就是季节,就是天候。

所以俺总是在穿衣服这件事上出错。因为,比起从窗口探出头感受到的温度,俺优先采纳了彩虹的理论。昨日天冷的话,就穿得非常厚实。热的话,就彻底少穿。于是往往满头大汗或喷嚏不断。

不过今天不一样了。俺在阳台上预想了气象。并想到,低气压来了。所以俺领会了冬日的突然到来,甚至特意将这家伙带来的冷空气纳入睡衣之中。

俺终于记住了!天候就是会七零八落地到来,让这世界忽而温暖,忽而寒冻。并不因为现在是秋天,就仅仅是略微寒冷,太阳也并未反季节地散发黄色的光。所谓天候就是违背着季节含义而推进的。

久违的休息日,俺就这样又觉察到了一件谁都不曾教给俺的事情。然后,将两盆在寒冷中日渐衰弱的吊兰搬进屋里。

这就是俺的每天,这就是植物冷硬派。

在乡下拥有田地应该挺不错吧。

然而,俺觉得这样的生活也是欲罢不能。

因为长年生活在都会,就连区区小事也能为之感动一番啊。

蟹爪兰：短日照处理的日子 [1996.11.27]

正确地听懂"短日照处理"这个带着费解的音韵的词，记得大约是在一个月之前。在此之前，俺觉得这个词的音韵背后仿佛重合着"避孕措施"，不禁产生各种不太好的想象。

像这样知道但不认识的现象很是有趣。

比如，俺直到某时都不曾把握"半永久"这个词的含义。从前，有人说内衣什么的可以半永久穿用。俺将之解释为永久的意思。为此总也没能将内衣扔弃，那松紧带已经松垮的裤衩就一直放在衣橱里。

要等到相当一段时间以后，俺才认识到内衣也是会消耗的。也就是说，当认识到半永久不同于永久的时候，俺从衣橱里把穿旧的内衣统统扔掉了。记得起因好像是时钟耗尽了电池，被认为将会永久走动的时钟停摆，让俺深受打击。原来半永久不是永久！半永久难道不应该是永久的吗？俺想。

唉，这恐怕是命名的问题吧。就因为随便定义为半永久什么的，才会出现俺这样为之困惑不已的人。

比较起来，"短日照处理"这个词难以理解的程度又如何呢？一方面是由于"处理"的部分。通常，说到处理，会是件很科学的事。在盆花界应当是个用不上的词。所以让人深感困惑。困惑之后，便将之混同于"处分"[1]。这给人留下一种莫名冷酷的模糊印象，以至不愿好好记住这个词。

于是发生了精神分析中的所谓否认。也就是虽然知道，却不认同的现象。

总之，俺在大约一个月之前，正确地理解了短日照处理的意思。因为已经长了花蕾却迟迟不开花的蟹爪兰让俺非常焦躁。那进展之缓慢，像是与短日照处理有关。

对懂行的人自不用说，从秋天开始就必须为蟹爪兰减少日照量。据说要尽量限定其感知光照的时间，否则这些家伙就一直磨磨蹭蹭地不开花。而且不是将其放进屋里拉上窗帘就好。即便是微量的光，蟹爪兰也能感知，因此推迟开花的时期。而俺也不可能就在漆黑的房间里过日子吧。那样一来，俺就该蔫掉了。

用黑塑料布或纸板箱之类遮光是最好的办法，这就是短日照处理的实情。

对此，俺同样很焦急。要开花的话只管开就好，不想开就把叶子长茂盛了也行。俺向来是这么认为的。但蟹爪兰将步伐停止在花蕾这个前后不搭的阶段，终究让俺感到颇为羞愧。

去相熟的花店要来了纸板箱。蟹爪兰的花盆有三个。原先

---

[1] 日语的"处分"有"扔弃"的意思。

1996年11月

的一盆和由此增加的两个小盆。为了让这三盆免于光照,俺调整了纸板箱的大小。

第一次罩纸板箱的时候,颇有点儿小激动。毕竟是处理啊,是科学实验呢。可以推测,那兴奋程度几乎与制作日光写真 [2] 相当。

而且开始的时机让俺等候了很久。因为必须瞅准一个月内不会有事离家的时期。第一天终于开始了。这么想来,俺简直紧张到喉咙发干。

可是这之后就很漫长了。短日照处理弄不好得持续一个月以上。

大多数时候,俺起床是在中午过后。就寝是在凌晨四点或五点。若从蟹爪兰的日照来考虑,可说是相当不自然的生活模式。假设夜里十二点罩上箱子,这一来蟹爪兰们下一次沐浴日光将在十二小时后。考虑到秋日之短暂,光照似乎过于不足了。

那么,难道就寝前就是加罩的时机吗?也并非如此。因为外出工作之前不得不将纸箱拿掉,这下黑暗的时间又变得压倒性地不足了。毕竟过了十二点才回家是常事。

俺觉得光照不足还稍好一些。怎么说也是名为短日照嘛。即便在严酷的实验环境之下,若不能期待蟹爪兰的反应,就没

---

[2] 利用日光来显影的摄影玩具。

有了意义。

就这样，俺日复一日地将纸箱罩上又取下。夜里一回家就去罩纸箱，一起床就急忙取下。即便在烂醉如泥的翌日，俺也没有忘记纸箱这事。即使疲惫不堪睡眠不足，俺也一定为纸箱而起床。俺已化为一台上下操作纸箱的机器。已经到了与其说是短日照处理，倒不如说是纸箱处理更贴切的地步。俺每天从不缺席地来到纸箱面前。

缺乏耐性的俺为何得以坚持一件事到如此地步呢？实在不可思议。这事倒是颇有教人半永久地做下去的可能。

连自己都好笑的是，有时会下意识地处理纸箱。俺有一天慌里慌张地起了床，因为一不小心睡到了差不多下午两点。然而令人吃惊的是，纸箱已经被拿掉了。看样子，是俺迷迷糊糊如梦游患者般起来，让蟹爪兰照到了太阳。

蟹爪兰经过相当一段时间后开始有了反应。花蕾发红，不断挺立起来。俺像得了褒奖的孩子那样认真起来，越发专心于纸箱的挪动。

然后，本月十四日。蟹爪兰终于开了第一朵花。边缘是红色的，好像纸做的中国玩具一样的花瓣，如同乘风飞舞的蝴蝶般向上翘起。那蝴蝶翅膀的根部又有别的花瓣冒出来，生动地低垂着。呼应了人工处理的、具有人造感的花朵，此刻正存在于俺的眼前。

不过，俺不是那种就此放松戒备的男人。为着谋划继续开花的花蕾们，仍然要不惜性命地挪动纸箱。俺起床，俺睡觉，同时必定挪动纸箱。花不停地开着。花蕾膨胀了，叶子长大了。

俺为自己的疏忽而懊悔。短日照处理什么时候终止才好？俺没弄清这一点就急忙开始了实验。只要还有花蕾就必须一直挪动纸箱的话，也太不风雅了。美丽的花儿放在那里，却要用脏兮兮的纸箱不停地将这些花儿罩住，实在很糟糕。

即便如此，假如终止的话，又对不住其他花蕾。而且，蟹爪兰是很敏感的植物，难以适应环境的变化。光照时间突然变长的话，花很可能会凋落。这在去年已经领教过。真的是稍稍变换一下位置，就凋落了好多花。

俺犯愁了。让花朵盛放固然不错，但要一直被纸箱支配着直到所有花凋谢为止，是不行的。俺的目的在于欣赏蟹爪兰，而并非喜欢挪动纸箱。这样的话就本末倒置了。

于是，三天前，俺终于扔掉了纸箱。为了决不再被这家伙掌控，俺把纸箱撕碎了。蟹爪兰在一旁看着那情形。说不定，它很可能在嘟哝说："啊，我的避难所……"然而为时已晚。短日照处理结束了。

此刻，蟹爪兰的花稍显无力地低垂着。然而面对它们，俺只能这样说：

"俺已经充分照顾你了。

接下来请只管自己开花吧。

归根结底,你是蟹爪兰啊。

不能一直做纸箱的附属品。"

也就是说,俺是以让女儿自立般的心情,独自撕扯着纸箱。

1996年
12月

(December)

十二月的房间：冬天的都会派 [1996.12.3]

对都会的园艺莽汉而言，这意味着严酷季节的到来。

必须将摆在阳台上的一些花盆收拾进房间才行。

本来就是因为房间狭窄才利用了阳台。然后便掉以轻心，不断增添着花盆。

恶果猛然来临。冬天犹如讨债人一般袭来，房间里满是哇哇哭叫的娃儿们。

直到昨天还在阳台一角自在生长的吊兰双生子，被放在了窗畔。长了小小花朵的宿根一串红为躲避北风，依偎在沙发旁。发财树那粗笨的大个子占据着凸窗。咖啡树早已无心结果，仍必须让透过窗帘的阳光照到它。而曾为餐桌做过许多贡献的罗勒也差不多该退场了。

就这样，房间呈现出负债潜逃前夜的状态。

不同的娃儿有不同的癖好，所以还不能随便乱放。有的家伙要求通风良好，还有的家伙喜欢湿气。若是能任其暴露于冬日的空气之中该多好，但对这些家伙是行不通的。他们会露出一副明天就要死掉的模样，泛黄了叶子，耷拉了茎叶，向你发出求救的信号。

为什么要把花盆增加到这么多呢?

都会的园艺莽汉犯愁了。因为，将不得不在更加狭窄的空间度过接下来的冬天。为了养育娃儿们,就必须牺牲自身的生活,把CD和书本之类清理了扔掉。要赶紧把桌椅间的距离缩小,想尽办法在腾出来的地方多放哪怕一个花盆。

严禁把娃儿放在电热器附近。它们会立刻干枯,变成茶色,必须不停地往叶子上喷水才行。

在这样的状况之下越冬,简直近乎奇迹。

然而都会的园艺莽汉偏偏就能将之付诸实现。

就像那忍耐着割裂天空的严寒,在春天发出新芽的球根,都会的园艺莽汉一直屏息继续着生活。

等春天来了看俺的吧,奶奶的!到时花盆全都给你们拿到阳台上去。他们一边这样嘟囔着,一边躺在被花盆包围的床上。不用说,因为电热器调低了温度,身体瑟瑟地发着抖。

然后,相反的效应在春夏之间显现。

不由自主地又会买下许多盆花。

就这样,都会的园艺莽汉生活在恶性循环之中。

生存于都会,原本就是这样的条件,所以也没办法。

水草：想要的只是水草 [1996.12.4]

一开始只是想要水草。

其实最好是莲花，但阳台上放水缸实在麻烦，就忍住了。于是决定要水草。

最初是让它们浮在从菲律宾买回的玻璃做的蜡烛杯里。原本的构造是在一个用黄铜棒扭成的简单的台座上，放上透明的半球状容器，里面装了水，再让蜡烛浮在水里。

即便看到如此浪漫的物件，俺依然是个会想到"啊，有了这东西可以养水草！"的植物主义男子。

就这样，容器决定下来，俺马上去买了水草来泡着。

然而容器太小了。那类似生菜的水草，根部开始变成茶色。

这下惨了，俺想。

俺有幽闭恐惧症，所以很能理解水草（虽然叫它水草，俺其实也想叫出个具体种类名称来。但是询问了花店的小姐姐，她只是笑着回答说，水草就是水草）的心情。就好像坐在经济舱，想伸一伸腿，却撞到了前面的座位。这要是持续太长时间的话，旅行未免太难熬了。

既然到这一步，俺找到了可爱的金鱼缸。也不是特别稀罕的样式。就是站前金鱼店卖的那种老式的缸子。缸口像略收紧的布袋那样带皱褶的样式。

俺无法克制，立刻掏出了钱包。

掏出钱包倒好，顺便还买了两条金鱼。这几乎是下意识的举动。而且还多此一举，买了养金鱼常用的那种长长的水草。

不过，大约两个星期后，眼见着金鱼日渐巨大化，金鱼缸顿时窄小了。两条金鱼时常有类似倒车的动作，并且到了不反转身体就无法移动的地步。

这下惨了，俺想。

俺有幽闭恐惧症。所以很能理解金鱼的心情。说来就是被关在电梯里那种心境。俺曾有过在香港进入中国的口岸被关在电梯里的经历，所以对金鱼的惊恐可谓感同身受。

只好买下一个毫无美感可言的四方形金鱼缸。

当然，水草也换了地方。

那是在今年夏天结束的时候。

现在俺每天给金鱼喂食。俺一靠近，它们就吧嗒着嘴巴凑上来。没办法，只好每次郑重地确认定量给它们撒下鱼食。最近较白的那条会赶走较红的那条，所以还必须注意鱼食撒下的位置。引开较白的那条之后，在较红的那条上方另撒一些鱼食。

俺还试过，姑且用长筷子把较白的那条赶开，教给它天外有天的道理。可惜没用。这种庞杂社会的道理，跟金鱼没有关系。所以，这家伙一如既往地驱赶较红的那条。一边深感烦躁，俺尽量每天变动着鱼食的位置，想要保持最为和平的态势。

还必须每十天清扫一次金鱼缸。

当然，水草长得很好。唉，那个，要说的本来是水草的事。就是那个长得像生菜的水草。有了缸，这家伙精神地舒展着枝茎，一个接一个地分裂增殖出小小的水草。

由于增殖过多，喂食很不容易。它要再增加的话，将会妨碍到金鱼，真是让人操心不已。

实在令人头痛。

一开始只是想要水草来着。

球根们：雏鸟的诞生 [1996.12.24]

在特别重要的时候感冒了。

为此，期待已久的歌舞伎《妹背山妇女庭训》[1]第二部也没力气去看了，只能在被窝里度过一天。

上个月的第一部非常好。要说好在哪里，那是雁治郎扮演的定高太出类拔萃。把女性的心胸宽广表现得淋漓尽致，简直完全盖过了幸四郎扮演的大判事清澄。清澄倒显得像个可怜的父亲，应该算幸四郎输了吧。

唉，不说这个了。昨夜，正逢与盟友三浦纯举办的盛大活动"幻灯秀"[2]的庆功宴，当时俺不该喝酒喝到太晚。唉，反正第二部定高也不登场……极其想看，但也没办法。

就这样，俺拖着溢出一整年疲惫的身体，去看了看阳台。不论身体状态有多么糟糕，只有这件事是不可缺少的。

在摆放小花盆的角落，种下的球根们已经开始发芽。

记得种下的是藏红花、名为克鲁斯种的原种郁金香，还有冬季开花的番红花这几位成员。

---

[1] 古典歌舞伎名作。共分五部。其中第一部以大和地方的历史和传说为背景，讲述背山领主大判事清澄之子久我之助与妹山太宰的遗孀定高之女雏鸟的爱情悲剧。

[2] 作者与三浦纯同为"摇滚幻灯"（ROCK'N ROLL SLIDER）组合的成员。"幻灯秀"（The slide show）是他们举办的脱口秀的名称。

分植于三个花盆的这些成员中，已经发芽的有两种。两者都是泛白的新芽顶端略带绿色，看上去俨然正向往着茁壮成长的未来。

然而——

俺已经分不清哪个是藏红花，哪个是原种郁金香。

时常有给花盆竖名牌的家伙，但是俺打心眼儿里瞧不起这等人。那是因为，俺以前曾在公司工作，新员工时代就被安上过名牌。

那经历是屈辱的。俺不是被拿来拍卖的古董，也不是幼儿园小朋友。有什么必要向非特定多数的人们顶着一个"在下某某某"的名牌走来走去呢。反正俺又不是要参选市议会的选举。并且，初次定制的名片上印着这样的句子：

"在下是新员工。"

这样的说辞，俺自己也能说。为什么非得用名片来传达呢。俺完全无法理解。

正因为不能忍受这种不合道理的社会体制，俺才不在花盆里竖名牌。在它们看来，自己是藏红花或是冬季番红花的事实是一目了然的。肯定不会有哪个傻子错把自己当成青虫，跟仙人掌什么的更是泾渭分明的存在。根本没有必要郑重其事地自报家门。

然而，即使在它们看来一目了然，在俺这里却稀里糊涂。

即便如此，身在冬日阳台的新员工们依然朝气蓬勃。不知道名字，自然也不知道所属的部门。也不清楚从工资体系到疗养设施的使用情况。

总之，只有一点是明确的。它们正以相似的外形活力十足地成长着。

俺若是老板的话，这时大概会把副手叫到一边。

"哎，最近咱们公司有几个新人很活跃啊。"

"哦，是的。"

"倒不是忘记了，那个，他们到底是谁啊？"

这"到底是谁"一出口，老板的面子也丢尽了。但副手也弄不清谁是谁。所以，先想到的一定是怎么蒙混过关。

"……藏红花君和原种郁金香君，嗯，还有冬季番红花小姐……"

"哦，问的是其中的两个啊。谁不知道是这三个啊。"

"嗯。"

"嗯什么。不就是要问你是谁没来上班，谁正元气满满地干活吗？那个……呃，我的问题啊。"

就这样，公司的体制脆弱地坍塌了。即便那个搞不清是谁的职员浑身充满无谓的干劲，倒不如那个搞不清不知是谁的家伙蔫了或枯了来得划算。

结果，俺只好将一切归罪于感冒。

就当是因为感冒，头脑发昏，失去了判断能力。

于是俺姑且把两位强者自左向右分别命名为定高和雏鸟。雏鸟是定高的女儿，《妹背山》剧中的悲剧女主人公。为爱而死的雏鸟，她的刚强堪称那出戏的核心。

那还没发出芽来的软弱的盆花，当然就是大判事清澄（幸四郎）了。加个带括弧的幸四郎[1]，是出于不知对方真名的不安。之所以附上他人的本名，俺是想由此来遮掩自己的无能。在这个意义上，俺才是真正的"大判事清澄（幸四郎）"，但这样的事实也无所谓了。因为若不赶紧取好名字，俺们的阳台株式会社就要倒闭了。

而今，咱们的公司里拥有充满活力的新人。

那就是定高和雏鸟二位。

她们将会开出什么样的花来，不到春天将无从得知。

一直缺勤而令人担忧的，是大判事清澄（幸四郎）君。不知是不是名字没取好，依然是个不出头的知识分子。作为公司一方，愿以温情将他守候。

俺们公司已经没有藏红花，原种郁金香，或是冬季番红花之类。绝对的，不会再任用这样的职员。

身在此地的始终只有定高和雏鸟，还有大判事清澄（幸四

---

[1] 如前所述，松本幸四郎是扮演大判事清澄的演员。

郎）。因此，如果你来参观俺现在的阳台的话，严禁提出以下问题：

"那，谁是原种郁金香呢？"

另外，严禁将花盆左右换位。
请一定注意。

朱顶红：荣获最优秀盆花奖 [1996.12.28]

无论如何，本年度最优秀盆花奖应该颁发给朱顶红。这家伙十二月来到俺家的餐桌上，突然开始绽放巨大的花朵，让俺的眼睛得到了长时间的快乐享受。

从三个球根伸出好几根粗壮的枝茎，每一根都水灵灵的，而且强壮有力，其纤细空洞充满了优雅。眼见那染上淡绿的枝茎渐渐长高，不久便在顶部长出婴儿双手合掌那么大的花蕾。花蕾稚嫩得令人几乎为之落泪，俏生生地注视着天空。同时，眼见它渐渐染上紫红色，随即展开紧绷的花蕾。

令人震惊的是，那花蕾内侧还有三四个花蕾在呼吸。也就是说，直到最近还只是跟枝茎同样粗细的花蕾中间，还潜藏着大个儿的花蕾。不知它用的是什么样的魔术。虽然不知道，但其中充溢着让你根本不会想要用神秘之类的脏兮兮的字眼来形容的不可思议之感。洋溢的生命。朱顶红有力而迅速地完成了变化，赋予房间不该有的豪华之感。说来惭愧，俺不知道朱顶红竟是如此华丽的植物。

花蕾刚一开放，那里便出现一朵小锅底那么大的花。花朵光泽圆润，花瓣浓厚。让人有种感觉，去触摸的话，很可能会留下粘而油腻的触感。如此浓厚的大花，为什么会从那样的空洞中出现呢？简直教人怀疑眼睛，怀疑现实。

三个球根分别是不同种类的朱顶红。分别是如同在乳白色上挥洒了红色液体的品种，花瓣像是被喷了红色粉末的品种，还有遍染桃红色的品种。这些花一朵接一朵地开放，自身的重量几乎把枝茎压得渐渐失衡。

这才是俺喜欢的类型，喜欢的花。

哪怕说朱顶红终于超过芍药，一跃成为首位，也不为过。

卑微的花没意思。

但如果只是花朵颜色鲜艳，美丽却弱不禁风，那也少了点儿什么。

叶子和枝茎粗犷而强壮，一旦绽开又能压倒那强有力的茎叶的花。支撑着美的生命是强韧的，美丽和强韧随后将在自身内部争霸的植物。花朵是那么艳丽而巨大，并且是能以难以置信的速度成长的草本花。在非现实般的速度之中，这花的存在本身就能声张其不容置疑的现实性。

　　这才是让俺着迷的植物，让俺无比喜爱的花。

　　朱顶红最棒。

　　若是跟它的话，结婚也行。

　　但如果要给那枝茎戴上戒指，会是一笔相当肉痛的费用。

1997年
1月

(January)

蝴蝶兰：第二次人生[1997.1.27]

现在，俺的房间里鲜花盛开。

朱顶红从最后的枝茎里开出四朵花来，四季报春也一直在开。之前的贴梗海棠枯死后，新买的一盆也在窗边营造出一处红色景点。"雏鸟"也开出了白色和紫色的可爱花朵，证明自己实际上是冬季开花的番红花。

在这些盛开的花当中，格外闪亮的是蝴蝶兰。

记得它来到俺身边是前年的事。已经过了盛放的时期，仅仅开着三朵白花，以至于价格陡降，仅售八百日元。它自己肯定也相当懊恼吧。因为在它年轻的时候，售价多个零都不奇怪。

但是如果太贵的话，俺大约也不会表示兴趣。对兰花并无特别偏爱的俺，仅仅只是为八百日元这个价格动了心。

然而这家伙很争气。残余的三朵花在一两个月里一直保持着那奇特生物般的形状。所以，俺在这家伙花落之后，立刻去买了干燥水苔给它换了盆，以慰劳它此前的辛苦。

在花店里，蝴蝶兰就像名校出身的官员一样。在任何一个乡下地方都必定有它悄然驻扎，在别的花后面悄无声息却又睥睨一切似的存在着。它也算备受信赖，但由于太过常见，也容易受到轻视。

这相当于东大毕业生的花，竟然沦落到住进俺的房间。在左迁的花店遭到贬低，不得不忍受八百日元的差评，最后被请到这连剩余的大蒜和水芹都要拿来栽种的粗放经营的穷乡僻壤。

然而，这家伙显示出深厚的潜力。通过新的水苔彻底改善了环境的前高官恢复了原本具有的植物力量，竟然在不到三个月的时间里又长出了花茎，上面还带了约六个花苞。简直就是独自召开的花博会。

俺每天都向那虽然冷清却充满力量的展会鼓掌致意。本来是在官方活动的开业庆祝或康复贺礼之类的场合傲然盛开的蝴蝶兰，竟然在沦落之地举行了野性十足的博览会。怎教人不为之感动呢？

然后，在又过了半年之后的今年一月，这家伙竟然同时长出了两根花茎。那紧锣密鼓的长势很了不起，一次长出两根的生命力也很了不起。第一届花博会的成功促使这位前名校毕业官员（现民间人士）打破常识，毅然决定马上召开第二届。

先长出的花茎很像鹿蹄尖。尖端的指甲裂开，稍稍膨起，正准备花朵的时候，另一根花茎也迅速生长。其光滑的绿色指甲裂开了，那里也开始准备花朵。细细端详这全过程，会觉得蝴蝶兰有点像动物。有如同在子宫中成长的胎儿一般的分裂，还拥有形状近似的妖冶之气。

润泽的花蕾一开始很像阴蒂。那透着深绿色的坚硬蓓蕾渐渐膨胀，颜色也越来越浅。从糖豆大小膨胀到梅干那么大，随即啪嗒裂开。那真是听得见的声音。每当目光落在花上，啪嗒声便在俺耳边回响。

最下方的花瓣顶端像龙须那样向上卷翘着。那奶油色的胡须深处，描绘着深红色和黄色的圆点，让人觉得，不知什么时候，它大概会长出翅膀，一边用那张嘴吃着苍蝇蚊子，一边四处飞。有些瘆人却带有清廉感的花。

现在，第二届花博会刚刚开始。两朵花正在开放。从最先长出的花茎下方开始开花的蝴蝶兰，估计再过两个星期，另一枝花茎也会开花。花博会将达到盛况，定会在大约两个月间给国民带来愉悦。

在置放于窗畔的圆桌上面，俺房间里待遇最好的位置，伫立着这位前高官。在不可能的周期内一次接一次地举办着展会，随着年岁渐长，它变得越发美丽且刚强。这样一个家伙估计正在经历无比幸福的人生。比起那些造访了医院或后台化妆室之类的地方便直接枯萎的前同事们，它一定在为自己充实的生命流下眼泪。

那眼泪就是它白色的花朵。

而活着的充实，就是那枝茎。

俺就像在为它捶肩那样，郑重其事地继续浇水。

风信子：解冻生命 [1997.1.29]

今年风信子也结束了它的工作。

本来这是去年秋天相熟的花店送的。记得是在买什么东西时顺搭的。

已经被安置在一个透明花盆里的球根。那感觉就像《科学与学习》杂志附赠的奖品。

"《科学与杂志》感"在阅读了使用说明书之后更强烈了。那上面是这样写的：

"为保证在新年前后开花，须在九月中旬之前放入冰箱冷藏室，于十一月下旬取出，放在温暖的地方。"

被稳稳地卡在塑料花盆里的球根竟然可以冷藏，不但不会因此而死，还可以控制开花的时期。

俺对这类东西毫无抵抗力。

要说是什么样的东西，其他事例其实只有一个，那就是海猴子。即使到了老大的年纪，俺养过好多次，一直不成功。记得是前年到去年之间的事。俺对立刻死绝的海猴子大失所望，不由感叹最近的海猴子实在虚弱。

话题有些偏了。直到最近，俺有事没事都待在尻上寿[1]先

---

[1] 尻上寿（1958— ），漫画家。

生的事务所。因为之前的工作曾与他共事。那里的电视机旁有个奇怪的塑料水槽。俺毫不客气地走过去探头张望。不出所料,是海猴子。

"哎,这里的海猴子,养得很好啊。"

俺说得仿佛养海猴子是件天经地义的事似的,估计是相当奇特的反应。然而尻上先生的反应更加奇特。

"哦,还活着啊?……其实根本没管它们啊。"

"也没喂食?"

"是啊,已经用光了呀。"

俺笑了,因为从没听说过这么随便的养法。看来尻上先生养海猴子就好像是用作室内装饰一般,而且近来根本没管它们。可是它们活得好好的,还顺利地成长着。实在令人羡慕。真是令人羡慕至极的海猴子的饲养生活。

再回到原先的话题。要说这海猴子与风信子有什么相似之处的话,那就是"冻结的生命及其解冻"这一点。海猴子的卵可以在干燥的环境中继续存活。并且在某种水中会突然复活成为虾类。那奇特之感从儿时起就一直吸引着俺的心灵。

对风信子,俺也感到同样的趣味。放进冰箱也不要紧的球根,等于是任其干燥的虾卵。从冰箱里移到阳光下之后,长出茎叶开出花朵的风信子,就相当于那转瞬间完成孵化游动起来的海猴子。

想来，归根结底，俺无法抵抗的是"生命的绽放"。说得更详细一些，就是"唐突地展开生命绽放的神秘感"。只要时期到来，它们便绽放生命。反之，时期到来之前，它们就睡得死死的。

总之，俺对所有植物都没有抵抗力。死去的又重生，并以难以置信的速度成长。这种特性不断勾起俺内心最根源的某种东西。所以，俺每天在阳台上像个孩子似的睁圆了眼，凝视着那些不可思议的存在。

风信子这种植物，最为明显地展示着这种不可思议。可以说，这是一种将植物对于俺的魅力模式化了的植物。

作为模式的风信子花谢了。感觉去年开得更久一些。很可能是因为俺完全忘记了把它从冰箱中取出的时期。到了今年，好不容易才想起来，慌忙把冰得硬邦邦的球根放到了阳光下。

然而，这家伙只管成长，开出有塑料质感的白花。连去年分株的小球根们，也在别的花盆里开始长出可爱的叶子。

俺今年又会把风信子塞进冰箱吧。为了对植物的魅力心动不已，俺暂时将它忘却，且让它如死去般入睡。

冻结的生命及解冻。

不得了。简直了。

植物不死。所以俺们动物将继续对它们心向往之。

1997年
2月

(February)

水草：那可怖的策略 [1997.2.4]

后来，水草越来越多。浮在金鱼缸表面的那种急剧地不断分裂，而潜在水里的那种细长的（已判明这家伙名叫水蕴草）也四处舒展着枝条。

两条金鱼几乎没有了可移动的空间。当俺撒下鱼食，它们拼命地摇摆着身体，想要挣脱水蕴草的包围。那水中的铁丝网对它们严加责备。好不容易浮上来，那里又有水雷般的水草正严阵以待，很难把鱼食递到它们面前。

于是，金鱼终于瘦了下来。

这可不成。刚开始养的时候，俺内心深处也有过"死了才好呢……"的想法。但，这是已经共同生活了数月的小动物。心里总会生出些感情。鉴于金鱼们的生存权，俺终于决定忍痛对水草进行清理。

从金鱼缸移到洗脸盆内的水草，真是有好大一盆。它们增殖到了颇有重量感的地步。那么，扔哪一个呢？俺把手伸进洗脸盆里，掂量了很多次。这家伙已经发黑，这家伙没精打采的，就这样分拣着。难办的是，发黑或没精打采的水草们必定长出了新叶和分枝，在新的部门朝气蓬勃地奋发着。

因此，不论怎么掂量，水草都不见减少。俺只是在洗脸盆前徒劳地触摸着水草，反倒加深了对它们的感情。好不容易才养大的，一根都不能扔。俺满怀豪情地自言自语道。总之就像那黏黏糊糊的花心男人。

俺茫然且不知所措了。

茫然中，暮色已苍茫。俺忘了打开屋里的电灯，像个病人似的呆坐在洗脸盆前，在昏暗中把手伸进水里又缩回，不断重复那仿佛中了邪似的动作。

但这样呆着也不是办法。有可能会丧失正常的人类生活。好吧，俺站起身，取出了之前养过金鱼的金鱼缸。不愿杂七杂八地增加太多东西的俺，为了水草也没辙了。俺决定往鱼缸里装满水，再把水草分装到里面。

这一试才发现，竟然意外地好看。摇曳或漂浮在旧式金鱼缸里的两种水草实在很美。

俺终于打开电灯，凝视那水草专用的缸子。这一凝视，又觉得还有些不足之处。

俺穿上羽绒服，骑上自行车向车站前驶去。

然后，买下了五条青鳉。

这可不成。

水草必定会增加。增加了就很难舍弃。

这一来，又该分盆了吧。

分了盆，又不得不买鱼。

为什么？为什么身为植物主义者的俺又得照顾鱼之流呢？

俺中了圈套。活活被水草给骗了。

水草正以可怖的战略将俺变成一个养鱼的人。

阿拉比卡种咖啡：安静的老资格 [1997.2.24]

有一棵咖啡树。

已经养了两年半，不论是比喻，还是作为植物它都已经是老资格[1]了。

记得是在花店特地订购的。订单上写着阿拉比卡种。可能的话巴西种更好，但没敢做过分要求。

俺其实是想亲自摘取咖啡果。摘下后，晾晒研磨，最终想喝了它。

以前俺不会喝咖啡。以俺的体质，那强烈的气味只闻一闻就醉了。

但是，忘了是在大学几年级的时候，受邀加入了"早稻田铜锣魔馆"，一个有着可怖名称的剧团。也并非想搞话剧，只是因为负责人执拗的邀约才加入了。那是个比俺年长一轮还是

---

[1] 原文为"古株"，原意是栽植已久的树木，常用来指代在某处任职已久，却没有太大建树的老资格。

两轮的有趣的人。

那人属于山口昌男[1]团队，精通民俗学和文化人类学。总之俺其实是有学问上的兴趣。加入剧团后，俺有幸到东北去看山伏神乐，或是给各大学人类学系的教授们表演俺的独角戏片段，干得非常开心。表演的素材也多是面向搞人类学的这伙人的。

该剧团拥有的剧场位于早稻田小剧场的旧址。剧团负责人经营着一家咖啡馆。所以，去剧场时，必须从强烈的咖啡气味中经过。刚开始时去一次醉一次。还好渐渐习惯了，甚至喜欢上了那味道。

顺带说一句，在那个剧场，俺真正上台只有一次。在郡司正胜先生编剧并导演的小歌舞伎中担任黑衣人[2]。

说到黑衣人，或许会觉得有点寥落，但一同担任黑衣人的有后来在新歌舞伎领域扬名的加纳幸和、筱井英介这样的成员。黑衣阵容堪称豪华。俺为什么混在其间，至今依然是个谜。

反正，俺喜欢上了咖啡，甚至每当看见像是味道不错的咖啡馆，就不由自主地走进去。然后，终于想到要亲自种一棵。

然而咖啡树总也没有动静。只是不断地长出茂盛而光润的

---

[1] 山口昌男（1931—2013），文化人类学家，代表作有《"败者"的精神史》等。
[2] 黑衣人，在歌舞伎舞台上依剧情需要上台搬动道具并辅助表演的成员，身着黑衣。

绿叶，就那样茂盛着只顾长个儿。不开花，当然也不结果。

因为说明书上说，不可受到强烈日晒，所以也给它准备了适当的位置，并勤快地施肥。然而这小子依然只管长绿油油的叶子。难道这是一棵被改良成观叶植物的窝囊废？虽然心生疑念，但俺决定不相信这样的谣传，继续拼命地照顾它。可它依然不开花。

俺想要有所收获。

就算果实多么稀少，俺就是想采摘咖啡果，并将之晒干、磨碎。

以往曾令俺体会丰收喜悦的蓝莓和葡萄都已经死了。可以说唯一剩下的美好的收获物只有咖啡。

无奈地种植了大蒜，那不过是未能成功栽培咖啡的补偿行为而已。

随便谁都可以。

能不能尽快告诉俺让咖啡结果的办法呢？

否则俺就快要收获大蒜了。或者说不定还会培育豆芽。

那是俺唯一不想干的事。俺并不追求家庭菜园这种温馨事物。最终还是想成为阳台艺术家式的存在。

这样的俺，是变成培育西红柿或黄瓜的人，还是实现一年只喝一杯奢华咖啡的愿望，就看您的了。

您就帮帮俺吧。

1997 年
3 月

(March)

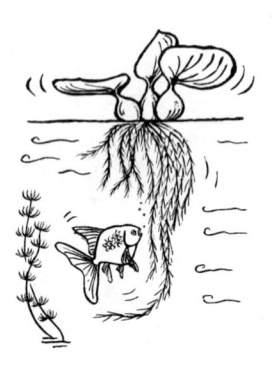

阳台：那些消逝的东西 [1997.3.24]

一直忙碌的三月里的某日，仅仅争取到一天可以把精力专注于阳台的时间。在此之前，只能拼命地浇水、施肥，所以，能有这样的时间，实在非常开心。

一直惦记着，却不能去照顾的那种痛苦。这是养了很多孩子的穷人最能切身体会的感受。还有，时间虽短，却可以为心爱的人收拾打扮的喜悦。其价值等同于忙碌的父亲终于赶上孩子的教学参观日。

俺首先着手的是之前想了很久的全体换土。毕竟，许多花盆都已营养枯竭，处于随时可能饿死的状态。

将塑料大盆搬到阳台上，往里面拌入黑土、苦土石灰[1]、鸡粪和腐殖土什么的。照植物图鉴式的方法的话，当然要根据植物的种类，这土那土以及石灰的比例等也各不相同。但在俺阳台上的原则是，不论哪个花盆都是一样的。并且，掺入苦土石灰后，通常要将土放在通风的地方晾一晾。俺家没有这样的余地。拌好之后当即使用。就像一个小孩刚洗完澡便立刻要求他入睡一样。因此会感冒的娃儿，俺才不要呢。

土大致拌好之后，俺将饥饿状态的花盆整齐排列在塑料大

---

[1] 也叫白元石粉（Dolomite）。

盆一旁。且从木槿开始换土。从花盆里将土挖出，取出木槿，用右手仔细拌土，左手抓着木槿。犹如战后不久被美国兵喷洒DDT的小孩那样，木槿被悬在半空。

接着，将拌好的土倒回原来的花盆。当然，要把木槿的根小心地放进去。这个过程约五分钟。迅速得就像传送带，或是像"得来速"一样的换土方式。

然后是藤萝，或是飘香藤。还有种了三年、却一点都没见长的微型月季，以及空有茂盛长势的薰衣草。

就这样，一个接一个地把土挖出再搅拌的过程中，整体的颜色变得不明所以。越是放在后面换土的花盆，添加的新土就越发成分不明。但是，俺没有时间听取抱怨。只有马不停蹄地换土。

然而——这样从各个花盆里把植物取出时，会遇见显然已经死去的根须。例如去年刚在阳台登场的羽衣甘蓝。那枝干似乎开始发黄，教人担心，一旦开始换土，才发现根部早已干枯，变得像残骸一般。

又比如贴梗海棠。也没见它嗯哼一声，之前只是隐隐察觉其根部状态似乎不好。它蜷缩得像中药材似的，整体重量过于轻了。

总的说来，植物的生死可以从重量来判断。即便是觉得还有希望的，从花盆里取出来一看，轻飘飘的感觉就像扑了个空似的。每当有这扑空的感觉时，俺也不禁为之沮丧。因为不得不承认它已死去。这种情形与动物正好相反。动物的死是以那沉甸甸的重量传达出来的。

更严重的时候，且不说轻飘飘，简直就是直接消失。例如到今年已经是第三年的龙胆。这家伙从去年年底开始还开出紫色的花来。接下来想给它换土，把盆土倒出来一看，竟然踪影全无。俺大吃一惊，赶紧把手伸进盆里，在倒出来的土里来回摸索，却连死去的根须的结块也没有。所谓被狐狸施了法，一定就是这样的感觉。

明明直到最近还好好的呀！这样呼喊也毫无用处。茎叶和根须犹如做了瞬间移动一般消失了。所谓尘归尘土归土，这也归得太快了。你就是坐下来再歇会儿也好啊。

很久以前，在黑百合的球根那里也有过同样的体验。分三个盆栽种的两个品种的百合，只有黑百合的花盆悄无声息。想着反正总会发芽的，也没太介意，就这样过了很久。其他百合已经开过花，枝茎都变了色。觉得奇怪，就把盆土倒出来看了。什么都没有。连球根腐烂的痕迹都没有，黑百合消失了。那种不合常理的感觉至今难忘。

同样的事又发生在龙胆身上。它消失了。没留下任何形迹和气味。怎么说呢，就像是以"从葬礼到后事我都一个人操办了"的清高方式消失了。就像阿寅[1]在电影的最后从团子店消失的感觉。

就这样,有好几种植物从俺的阳台上消失不见了。然后,把新土强行给了许多植物,它们朝着新的春天,正努力克服着考验。

不过,俺仍有一丝丝不舍。龙胆和黑百合会不会从某处突然归来呢?明明不可能的事,却还是会这么想。

放在阳台上的大盆里装了满满一盆土。不是为了让风吹,让日晒。那是因为,归来的家伙们还用得着。

---

[1] 阿寅,山田洋次的系列电影《男人真辛苦》的主人公。

金鱼：白一号之死 [1997.3.25]

白一号（比较白的那条金鱼）横躺在金鱼缸底。

这是俺因公事去九州回来那天中午的事。

离家那天是俺的第三十六个生日。

从四五天前，水就已经脏了。水藻发绿，都看不太清楚里面的金鱼了。

所以，俺本来是想回来那天再给他们换水。

然而，在此之前，这家伙就死了。

白一号时常欺负红一号（较红的那条金鱼）。所以俺觉得要死也应该是红一号才对。而且它之前丝毫没有衰弱的迹象。

它竟然在俺生日那天死了。

究竟是怎么回事啊？

怀着难以置信的心情，俺用网将白一号捞出，让它在阳台上已经埋了两条青鳉的大花盆中躺下。换了水，再看红一号。也许因为欺负人的孩子不在了，它放了心，或因为病情加重，幸存下来的红一号一动不动。

总之它很虚弱。

俺十分难过，对着金鱼缸看了很久。且不说不曾爱过它，甚至因为太强势而被俺憎恨过的一条金鱼。它不在了，不知怎的却令人感到如此的空虚。

也许是画面的平衡吧,俺试想了一下。

试想了几次之后,俺迫不及待地奔向了金鱼店。

现在,金鱼缸里除了那些青鳉之外,又新增了五条小青鳉。在一旁晃晃悠悠的,是一条白色的丹顶。它正被红一号嗅来嗅去。这回看来这家伙要被欺负了,俺非常担心。

并非为丹顶担心。欺负别人的家伙会死,这已是俺的知识。

1997 年
4 月

(April)

六出花：窗边一族之豹 [1997.4.17]

现在，俺住的公寓的起居室是带凸窗的。说到凸窗，大概有不少人会联想到"星期五的妻子们"[1]式的庸俗的小资产阶级趣味。但是对俺来说，简直没有比凸窗更美好的东西了。

当然，是因为可以放花盆。

虽然正对着西面是这凸窗的缺憾，但此地曾植物辈出。除了盛夏需要相当的体力，其他季节，这里是沐浴光照的最佳地点。

也因从外面隔着磨砂玻璃能看见这里，俺为了让别人也赏心悦目一番，总是倾向把比较大的花盆放置于此。

上个月买来的是紫色的铁线莲。不过，这是个错误。俺中意的是那宛如在风中扇动着薄翼飞舞的蝴蝶般的花朵，哪想到它在花落时的模样非常不堪。

正估摸着它即将凋谢，它却突然零七碎八地散落了。不单是花瓣，雌蕊什么的，真的是只一点点动静，就哗啦一声全都崩塌了。对于有庭院的植物主义者而言，倒也可以作为肥料之一而听之任之。但俺们是都会阳台人。这里那里的落花打扫起

---

[1] 《星期五的妻子们》，1980年代TBS电视台的电视剧。大胆描绘都市中产阶级在婚姻爱情中的众生相，曾引发巨大的社会反响。

来很是麻烦，实在难以应付。

在结果之前将它们一一修剪掉的话，几个月后还会开花，这是铁线莲的卖点。但这长处接下来令人烦闷。已经无心将它置于凸窗之畔，可要在阳台开起花来也不好办。因为散落的花瓣和雌蕊们会乘风入侵到邻居的领域。这一块是阳台植物生活的为难之处。

俺只好在大约两周前将宠爱转向了六出花。这是一种被称之为"印加百合"的盆花。也曾犹豫要不要宠爱一下绣球的变种"墨田花火"，最后还是"印加"胜出了。毕竟俺喜欢秘鲁这个国家，对正在发生的事件[1]感到十分痛心。至今还没得到解救的人当中，有几位俺曾在当地见过一次。俺一本正经地想，至少，可以给"印加百合"浇浇水，也好当作一种祈祷。

这名为"盖那"的六出花，有几片花瓣上覆盖着令人联想到豹子的花纹。没有花纹的花瓣是粉红色的，有花纹的花瓣稍带黄色，不知为什么有种肉食动物的野性气息，花期相当长久。这豹子气对喜欢秘鲁的人来说同样难以抗拒。所以，俺一边望着六出花，一边对印加文明浮想联翩，不由得就忘了对那桩事件的祈祷。都怪俺不够专一。

曾这样入迷地望着的六出花，在慢慢枯萎之后，又纷纷散

---

[1] 指发生于1996年12月17日至1997年4月22日的日本驻秘鲁大使馆人质危机。

落，真教人头疼。虽然没有像铁线莲的崩溃那般难看，但是当俺用剪刀去剪变得坚硬的花萼时，它总是散落开来。当时是向花店的小姐姐确认了"这花凋谢时不会散落一地吧"，然后才买下来的。看来是提问的方式不对。任由花朵自然枯萎的话的确不会散落，但只要稍一触碰，它便自动崩落一地。

毕竟是野生的。若是以为可以经人手随意加工就大错特错了。凭着这份气概，它将开了很久的花一气解散。它就像是故意用花瓣和雌蕊之类弄脏窗台，颇有唾斥人类后含笑而去的感觉。这来自印加的倔强俊美的印第安男子，也许就是要像这样教给身在东京的脆弱的俺一些什么道理……若不这么想的话，简直难以为继。

现在俺稍稍改变了想法，任由六出花自行干枯。烂漫盛开，然后枯萎破败的"印加百合"，在阳台的凸窗窗台上保持着孤傲的坚强。

我自绽放尔自看，相应地，我自会死去，同样看着吧。这家伙一边坚持这主张，一边嘲笑着已彻底变得爱嘘寒问暖的俺的欲望，同时还在准备着新的花朵。

绿萝：反观叶主义者的无力抗争 [special 1]

世界上有那种喜爱观叶植物的人。

照他们的说法，会开花结果的植物总是不合心意的。

可是，俺坚决反对。毋宁说，若不会开花结果，就不合俺的心意。估计原因在于穷脾气吧。

不用说，单是绿意盎然的叶子，那身姿也可以赏心悦目。各种形状的叶子密集得如丛林一般，也教人喜欢。所以，房间里及阳台上也不是没有观叶植物类的花盆。

比如绿萝。原本是从熟人那里得来的一小盆，这家伙以无休无止的势头不断生长着。这长度仅有十厘米左右的黄绿色绿萝，没怎么照顾，它却不断地生长茎叶，如今最长的部分达到两米以上，显示出不凡的成长率。

畏于它过于顺畅的成长势头，这一年多来，俺甚至将它放在日光照不到的地方。想方设法把条件弄糟一些，以阻止其瘆人的势力扩张。然而绿萝这小子毫无惧色。反倒把没有阳光照射当成了好处，日以继夜地舒展叶子，伸长枝茎，为寻求新的殖民地而不断行军。

有一条枝茎沿着窗帘架爬到煤气灶近旁，已经到了再前进一步肯定会烧到叶子的地步。可它依然没有退缩的迹象。其他枝茎也各自活跃地贯彻着扩张主义，像蛇一般缠绕上周围的东西，妄图建立起一个大绿萝帝国。

虽说得了个"绿萝"这么可爱的名字，但实际上这家伙是拥有可怕生命力的植物。若想不出阻止其生长的办法，总有一天，整个房间以及阳台都会被置于其势力之下吧。

那么，除此之外的观叶植物……写下这句话，俺顿觉困惑。因为没有。不，唯有绿叶繁茂的植物倒是很多。然而俺并不把它们看成是观叶植物。

世间的人大多认为吊兰是观叶植物。即便如此，俺期待着的是，细细延伸的浅黄色的走茎顶端开着的小花。

当然，俺也喜欢从弯曲的走茎上发出的宛如纸鹤般低垂的嫩叶。那实在招人喜欢。摸起来就像纸张那样发出脆响，但却鲜嫩又柔软。每当看到它摇曳风中的身姿，俺就会产生错觉，觉得自己置身于仙鹤飞腾而去的池畔。

然而对俺而言，吊兰的魅力倒不如说是那白色的尺寸迷你的幽微之花。每当花朵绽放，俺都不禁要轻叹着凑近，不知厌倦地凝视一番。因此在俺心里，吊兰是被排除在观叶植物的领域之外的。

前不久买了一棵香蕉。它实在非常美好。宽阔的浓绿色叶子长势茂盛，形态悠然。有趣的是香蕉的叶子与叶子之间伸出的卷筒状的新叶。那卷筒渐渐伸长，一点点舒展，变成宽大的叶子。接着又有新的小卷筒出现在这世界。

将鼻子凑上去一闻，从那有着类似橡胶触感的叶子上散发出香蕉的气味。怀疑是错觉，俺一次又一次地把鼻子凑在叶子上，想要品味那热带的香气。期待着不久后，摘取长大的叶子，尝试包入糯米蒸熟来吃。带有蕉香的米饭一定相当可口吧。

写到这里，完全是观叶植物。毕竟俺尽在玩赏叶子。然而，香蕉对俺来说绝非观叶植物。尽管隐隐知道，不在温室养育没法结果，可俺一直是为了收获香蕉才给其浇水来着。

总有一天，一定要观赏香蕉花，并再现过去曾在越南吃过的"香蕉花沙拉"，然后品味香蕉的果实。这是俺的野心。

窗畔还有一棵咖啡树。总计三年过去却毫无结果，只管不断繁茂长出那近似山茶类树木的叶子。也就是说，它实质上是观叶植物。甚至可以说，其存在形态不可能是观叶植物之外的任何事物。事实上，俺偶尔会给叶子洒洒水什么的，体贴地让叶子展现更好的颜色。

但是俺不愿承认。这棵咖啡终归是为了花、为了果实而栽培的。如果谁说什么"到头来还是观叶植物啊"，俺已做好了宣告绝交的准备。

勤恳照顾发财树也是为了看花。自从听说要略微少浇水才会开花，这家伙就远离了观叶界。差不多有五年了吧。它丝毫没有要开花的意思。然而俺还在做梦。梦想着发财树开花的那一天。

就这样，俺贯彻着反观叶植物主义。即便它实际上是观叶植物，依照俺内心的分类，它也不属于观叶植物。不用说，实质上已变为观叶植物的盆花也一样。

因此，只有绿萝等于是在对抗着这种反观叶主义，正席卷着俺的房间。

正因如此，俺才会畏惧绿萝的进攻，并对其势力范围的扩大深感忧虑吧。这家伙若成了俺家的主人，俺将不得不承认观叶植物的地位。与此同时，还要承认其他那些青翠繁茂的同伙都不开花，并就此放弃。

唯独这个俺做不到……绝对做不到。

1997年
5月

(May)

阳台：绿意萌发 [1997.5.20]

正为话剧的事忙着。每天从早到晚都忙于上演的日子里，植物们依然充满活力。这也多亏了五月这个季节。

大约从四月结束的时候开始，风变暖了。那些之前已不知是生是死的植物之间，弥漫着一种难以形容的气息。

这气息很微妙，而且是露骨的，但是很难确定是从哪种植物散发出来的。就像不知道鸣叫的金钟儿身在何处一样，植物们在整个阳台上仅只散发着气息。

这时五月来临。那气息顿时化为浓绿，在世界显现出身形。

曾担心是不是修剪得太短的木槿，在那看似完全干枯的枝干根部喷发出强有力的绿芽，几乎让人以为是长了虫。而藤萝的枝头也到处呈现出点点淡绿的痕迹。贴梗海棠的叶子也以近似播放录像带般的速度染上了绿色。

这些小小的绿色们，不论哪个都决然没有作为植物的一部分的感觉。就像从植物体内溢出的寄生虫那样，或是像从外界某处到来然后附着于树木之上的未知生物一般，绿色们从枯枝的缝隙间，真正是像奇迹般出现了。

奇迹就那样持续到五月前半段。小如青虫的绿色们以难以置信的速度不断改变形态，仿佛是一种错觉，不可思议地变成叶子，变成枝条，不断长大。以一天恍如一月的速度，这些绿色们一气改变了阳台的景象。

感叹之间，植物们改变了它们的整体形象。到了现在，木槿将深绿色的叶子齐齐地向着空中伸出，也许因为那锯齿状尖端的形状，恰如一艘宇宙飞船一边喷射着绿色火焰一边冲向地面的模样。还有，藤萝那钓鱼线一般长长伸展的枝条上，各自长出舒展的叶片，在风中摇曳着。葡萄的生命之初呈现紫红色，如今也在不觉间变化为沉静的绿色，长成了宽阔的叶子，吸收着阳光。

这奇迹当然不只发生在阳台上。在公园、在附近的庭院里，甚至柏油路的裂缝之间，五月都毫不容情地催生着奇迹。一种名为"绿"的奇妙物质在整个东京降临，突然间显现身形，并完成各自的蜕变。

面对这些短暂却来势猛烈的绿色物质，俺几乎丧失了语言。感觉所谓外星人来袭说的就是这般情形，并且想对这些在被人类察觉之前便在地球上定居下来的绿色物质们表示敬意。一旦定居下来，它们从五月后半段开始，便化为人们看惯的枝叶的形状，所以我们人类便感觉好像什么也没发生似的，呼吸着澄净的空气。

但是，植物已经照准了目标。它们将继续生存到下一个五月，谋划着再度接受那地球外的生命，并将之吞入体内继续成长。俺甚至觉得，它们活着就是为了那为期仅两个星期的时间。

也就是说，植物是唯一超出了地球体系的生命体。它们从外部撷取奇妙的绿色物质，静静等待着未知的某物。那未知的某物与开头写到的气息同样莫测。不稳定，但同时又是值得为之欣喜的未知的某物。

有时觉得，说不定那就是地球内生命的灭亡也未可知。到那时，被吞入它们内部的、名为绿的宇宙物质，将覆盖这个地球。

而自己与植物一同期待着那一天，俺不时地对这样的自己感到非常震惊。

芍药：切花中的帝王 [1997.5.26]

今天真是幸福。简直堪称完美。

因为俺把位于凸窗的六出花的残骸，还有长期工作着的四季报春那即将消失的花全部移到阳台，然后在凸窗密集地摆放了芍药。

至于盆栽芍药，它正在阳台上茁壮生长。凸窗这边放的都是切花，也就是说，以俺的植物生活的角度来看，这是个稍有些奇特的举动。

很多年前，作为工作完成的贺礼，曾经获赠过重瓣大花的芍药。好几十枝强壮的粉红色花朵，几乎拿不下。带回家之后，也没有足够的花瓶来容纳全部，没办法只好连茶杯都拿来插花，房间里放得到处都是。

花朵们散发着浓郁的香气，一直持续了很多天，并将那极其奢华的艳丽姿态展现给了俺。怎么说呢？在那些天里，俺真是犹如身在梦境一般。自那以后，俺一直期望着以多到奢侈的数量购入芍药。

去年没能成功。相熟的花店不出售用作切花的洋芍药[1]，所以总也没买到。不过，今年终于如愿。找到一家有售俺寻找的

---

[1] 指西方改良重瓣品种芍药，如"富士"等。而不是中国俗称"洋芍药"的大丽花。

洋芍药的店，从那里先买回约十枝芍药。

然后，两天后的今天，在确认了绽放的花朵的美丽之后，俺又买了二十枝芍药来补上。就这样，将它们泡在现有的全部花瓶中，然后摆在凸窗的窗台上。

要说它好在哪里，首先是花蕾的充实感。和果子大小的圆形花蕾里，终要绽放的花朵全部硬实地收缩其中，有如糯米团一般。然后，一边分泌着少许透明的花蜜，一边膨胀起来。

即将绽放的花蕾已经有原先的大约两倍的重量，随后便丰盈地打开了最外侧的花瓣。不过，那花瓣全都向着内侧描绘出漂亮的曲线，一副不想将隐藏在其中的异常多的花瓣显露出来的样子。

不久，所有一切都变得明了时，真教人震惊得说不出话来。因为数百个花瓣（这在植物学上是否可称之为花瓣俺不知道，也不想知道）的结块向着外侧一齐舒展开来，花朵足有小狗的脑袋那么大。触摸一枚枚花瓣，那柔软的手感如同天鹅绒一般。小心地抓住整朵花，其重量感就像握住了孩子的脑袋。软蓬蓬的，但又有弹性，那种感触，仿佛其内部寄居着神奇的生命。

然后是繁茂的深绿叶片。

之前在朱顶红的章节中写过，俺对美丽奢华的花朵和带有野性气质的叶子的结合体没有抵抗力。所以，芍药是切花界中最符合俺的理想的花。

不过，与朱顶红不同，芍药若没有数十枝就刺激不到俺的心脏。可能是最初的邂逅植入了潜意识，即便如此，只有几枝的话反倒觉得冷清。盛放的花朵们拥挤着，以至看不出哪里才是一朵花的范围，达到这样的状态才是俺喜欢的。在这个意义上，芍药在某些方面具有盛开的樱花带给人的幸福感。

当然，花蕾密密地挤在一起也不错。一边给人以奢华飨宴即将开始的预感，同时那沉甸甸的花朵里紧缩着的生命力又紧握并摇撼着俺的心脏。偶尔呈曲线的粗壮枝茎有点像莲，也充满了那种生命力，尤其那冷淡的硬度更令人难以自持。

俗话说美人当立如芍药坐如牡丹，但俺怎么也不觉得这花像女人。如果是女人的话，那她就会是个脑袋超大，简直教人无法直视的家伙。华美艳丽虽好，但就像话剧女演员里常见的那种只有一张大脸的女人，与俺希求的女性体态是相背离的。倒不如说，正因为芍药拥有的是人类女性身上不可能有的美，所以才散发出梦幻式的、但又是实在且奢华的存在感。

简而言之，芍药的魅力在于那凝缩于枝茎顶部的重量感。有时坚硬地闭合，有时蓬松地展开，并且还有花瓣们你拥我挤的重量感。所以，从捧着购入的芍药往家走的时候起，俺就几乎要被满心的幸福冲垮了。那种被重量感溢满的感受，也类似于将养乖的猫举起时的喜悦。

或许，芍药是兽类。美丽的兽类。与那个老掉牙的以女人为对象的比喻不同，它真的是毛色艳丽，而且是与我们人类体型相异的身为他者的兽类。

所以，要这样改一下说法——

芍药的魅力在其体重。其胴体一端隐秘的兽类的重量、坚硬以及柔软，或者是那于兽类不可能有的花朵的魅力，才是芍药这种植物的多重的魅力。

如果你有意送俺切花的话，请送芍药。而且是数十枝芍药。只要有它们，俺将一直窝在房间里，沉浸在满满的幸福感之中。

1997年
6月

(June)

西洋菜：徒长的香草 [1997.6.19]

每当在超市看见香草，总会忍不住伸出手。

当然不是为了做菜。是为了种下它给它浇水。

买回来。准备了花盆把土盛入。用手指在土里戳个坑儿。将香草的根部插进土里。足足地浇水。

不过，单做这些事依然不足以让俺停下来。

以往，俺认为这样的培养方式是歪门邪道。应当老老实实地让种子发芽，然后让风吹一吹那弱不禁风的毛头小子，或是庇护它一下，让它不至于屈服于太阳的力量。如此这般之后，将它养成一个体面的青年。俺曾相信这才是男人的香草之道。

可是，这样当命根子似的守护的话，香草这家伙是不会轻易长高的。不但不长高，稍稍干旱便趴下了，身子还斜靠着花盆边缘。如此娇惯真教人气不过，但若是直到傍晚都不去管它，它能当场蔫掉。那模样活像从晨会开始就闹贫血的家伙。

其实本是杂草的香草，却因育儿方式的错误全然变成柔弱的孩子。本来可以任其去公园玩耍也没事的孩子，却把他关在满是玩具的房间里，成天给他喝果汁，才造成了这样的后果。这是被夺去自由的孩子，正企图自暴自弃来向父母复仇。

就这样，不知反复失败了多少次的俺，某一天终于在超市买下了薄荷、小茴香和西洋菜，然后把这些已经养得很大的家伙们送回土里。

所谓收养的孩子。就像把在孤儿院群养长大的健全的孩子在进入青年期的半道上拉来，带回俺家里。俺虽然怀着不小的负罪感，却仍然以轻松的态度随随便便地照顾它们。

这样一来，结果如何呢？除小茴香之外，它们很快发了根，嗖嗖地长了起来。旁边是从种子育出的薄荷与薰衣草等，总有点发育不良似的，也不见长高。导致俺的负罪感越发强了。自小培养的选手却毫无建树，球团的老板一定也是这样的心境。一边这么想着，俺一边津津有味地继续观察着新转会来的香草。

然而实在是不可思议。原本是为了食用而培育的香草，俺却在不觉间无法去剪它们了。难道是因为之前提到的负罪感吗？任性地将它们半道上拿了来，任性地将叶子剪掉，俺对这样的行为似乎抱有抗拒，总之，内心里有个声音巴望着它们能生枝长叶直到终其天年。

这些家伙长了个够。有时还在枝头开个花什么的，长到让人简直想求饶的地步。

在此期间，俺完全不知所措。望着漂亮的绿色叶片蓬勃生长的薄荷，还有那若是搭配肉菜将发挥最佳配角效果的西洋菜，俺都必须继续忍耐。

很希望它们枯死算了。只要枯死了，俺就可以将一切从头来过，狠心将它们统统剪掉。所以，诸君，请不要再那么朝气蓬勃地长枝叶了好吗?

俺就这样抱着复杂的心情过日子,然后,大概是由于无意识地忘记浇水,眼见它们枯死了。

然而,人这东西怎么会是这么奇妙的生物呢?守望着它们自然地转化为只剩根部的物体,那一瞬间,俺是这么想的。

自己竟然如此薄情。俺再也不能让它们枯死了。万一再让它们枯死,俺无论多少次也要找出它们的后继者,在俺阳台上造一个"养子香草园"!

就这样,俺被不合道理的欲求驱动着,落得个花盆一空出来便立刻去超市探查的结局。后悔让它们枯死,所以为了弥补负面的情感而努力让自然健康的杂草随时生长着。当然,为了做菜而去剪那些叶子是绝对不允许的。也就是说,俺完全落入了要将一件毫无益处的事永远持续下去的窘境。

俺制造了又一个无法逃脱的地狱。

阳台：搬家与阳台 [1997.6.24]

顶着刚起床还未清醒的脑袋站在阳台上。

给花谢了已有相当一段时间的蝴蝶兰换上新的水苔，帮六出花剪去长得野性十足的枯枝，又给至今无意开花的木槿上长着的蚜虫喷洒了防虫剂。

曾被俺命名为雏鸟的小小球根们，自从一度开出柔弱的花朵以来便彻底干枯，趴在土上，让俺意识到已有很长时间疏于照料了。正要将它们与显然已腐烂得失去原型的百合球根一起埋葬到"死者之土"中，小小的球根们却不肯服输，牢牢地抓着土，俺不禁深受感动。

活过来的薄荷高高朝向天空，在顶端形成一个类似三角锥的形状，那周围像围巾似的长了一圈浅紫色的花，若无其事地摇曳在风中。同样吸引了俺的目光的，是今天开了花的风铃草。

三年时间里，也没怎么照顾，这棵种在小花盆里的植物必定在梅雨时节开花。花上长了五个稍尖的紫色花瓣，那形状让人联想到小狐狸的耳朵。现在还只开了一朵花，不过后续者已经成群集结，形成花蕾直指天空，潜伏在内部的紫色也初露端倪，等待着时机。因为花期不长，这花并不显眼。虽然不显眼，却从不爽约地开花，它因此留在俺的心里。

就这样，拾掇着众多的花盆，一边连杂草也给了肥料，同时俺一直为搬家的事犹豫不决。今年正月，作为一年一度的盛事，到浅草寺去拜佛的时候，不知为何，俺突兀地冒出了想在浅草居住的想法。记得那时甚至到了觉得非住不可的地步。

也许因为出生在东京，俺不曾讲究过在这都会中居住的区域。没有向往过要住在哪里，只是想能住在嘈杂但夜里安静的地方就好。

然而却开始一心想住在浅草。那是俺原本就非常喜欢的地方，以前曾在附近住过几年，但迁居的愿望依然强烈。出生长大是在与柴又相邻的街区。也许正因如此才会依恋有着热闹寺庙的风景。不，柴又和浅草有着截然不同的风致，所以俺才会萌发了想在浅草正中居住这个毫无缘由的意愿。

靠居住在浅草一带的熟人帮忙，这几个月一直在找寻住房。最好在能看见隅田川的地方。也就是说，想要春天有樱花烂漫盛开，夏天正好位于焰火的正下方的居所。并且，最重要的是要有宽敞的阳台。

偶尔，会遇见符合条件的房子。俺忘记了疲惫，在工作间隙去看房。然而一定会有不合意之处。阳台宽敞，但却朝西且看不见河面。樱花和焰火都看得见，条件绝佳的房子，前方道路上却躺了一大排流浪汉。还有每天可以去大楼里的大浴场泡澡这样条件绝佳的神奇住地，几年前就一直留意着，终于有了空房。可惜房间结构非常不好用。还有不但宽敞漂亮，连洒水用的水龙头都有的阳台，却令人遗憾地完全朝西。

还有几处条件不错的房子。可俺最终在意的必定是阳台。只有一个朝西的阳台的房子，植物们一定会凋敝而死。而房间宽敞阳台狭窄的房子，从一开始就必须排除在外。说来就像养猫的人很难搬家一样。俺也为着植物们而不得不限制了可能性。

即便如此，也从未觉得植物是负担。若想扔掉算了，它们大概也会毫无怨言地悄然走向死亡吧。正因这份温顺，俺越发想以它们为中心来挑选即将迁居的住所。

默默成长，开了花也不张扬，不论条件多么严酷仍坚持存活，楚楚可怜地面朝太阳的植物们，决然不曾依存于俺。它们不像动物那样讨要食物，也不会上蹿下跳或鸣叫着将你的不快变为愉快，日复一日，自己的生死只仰赖着自己。倒不如说，是俺依存着它们，对没有绿色的阳台感到万般恐惧。

现在，俺找到了在北侧和南侧有阳台的房子。俺倾向于搬过去。河面大约是看不见的。能看见焰火的可能性也很低。然而即便拿这些浅草的良好条件相抵，俺依然希望有植物支撑着平淡无奇的每一天。那是俺无以抵消的愿望。

没有这些家伙的生活，俺终究是无法想象的。

1997年
7月

(July)

七月的阳台：与夏季战斗的阳台人 [1997.7.9]

快得出乎意料，炎热的日子到来了。几乎不用空调的俺，成天热得直嚷嚷，敞着浴衣，冲着冷水澡过日子。

如此炎热之中，阳台的养护一刻也不能松懈。结果还是没找到迁居之所的俺，依然将植物们放在朝向西南的阳台上。夏日阳光照射之下，钢筋混凝土的确拥有能煎鸡蛋的热度。不管多么通风，一旦吹过阳台就成了热风。

想浇水以防植物们蔫掉，但下午阳光强烈时绝对不行。那等于直接浇热水。所以，中午过后才起床的俺，以隔着玻璃窗观望起火大楼一般的心情，一次又一次地探看外面的情况。

清早，俺在入睡前给它们浇水。也许那湿气不知什么时候就变成了热水。在俺因过度担忧而几乎热泪盈眶的眼里，花盆越看越像速食面的纸杯。贴梗海棠好不容易才开出的反季节的红色花朵感觉像干虾仁，藤蔓则如同面条一般。

于是乎，"开水浸泡三分钟即熟"的强迫观念便向俺袭来。通常是熟了即可食用，可是在阳台界，煮熟了是要扔弃的。这样的事怎能容许它发生呢？俺愤慨不已，可也不能说那就把它们搬进屋里吧。该搬进来的花盆都已进屋避难，从空间上说，已经是一个花盆都挪不动了。

无法正视这"火烧摩天楼"[1]般的状态，俺晃悠着来到商店街。一边不停地擦汗，沿路来到花店前。不愧是花店，花盆都保持着清凉。没有在面朝西南的阳台上开花店的傻瓜。人家位置好。

虽然沐浴着强烈的日照，植物们依然轻快地在风中摇曳。从洒了水的路面上蒸发的水分给风带去适度的清凉。每一朵花每一片叶都闪亮着，仿佛在讴歌夏日。然后，俺不禁又将鲜活壮实的盆花买下。

有些人说要点凉意，于是购入风铃，或是买回牵牛花，但俺的立场稍有不同。第一，是想逃避阳台上酷暑地狱般的现实，想让自己误以为自家阳台也有着花店前那样的清凉之气。

第二，是有意无意中想要接连不断地派出新的战士，取代那些吸取了热水、自身组织逐渐遭受破坏的植物。一有死亡就投入后续的步兵，决不能输给夏天。就像日俄战争时二〇三高地的战略那样。靠绿色的量来取胜，就是有这么一个不明所以的判断。大体说来，与夏天战斗的是植物，而不是俺。然而炎热就是拥有能将错误正当化的力量。

所以，俺这个阳台界的乃木将军首先派出了金光菊的小盆。就是那种有点像向日葵的可爱小花。然而花瓣很快干到发脆，

---

[1] 借用了 1974 年的电影《火烧摩天楼》（*The Towering Inferno*）的标题。

不得已只能令其早早撤退，将它塞进本来已经没地方可放的室内。俺这是对新来的偏心了。

接着，又低价买来一盆高约三十厘米的大丽花。这家伙即将绽放的深红色花朵也变成了干花。急忙又投入休眠中的球根花盆，与之交替，将大丽花置于室内令其休息。只要能应付眼前，不惜将秋季以后的球根生活化为乌有，这是一场背水之战。否则将彻底失败。

俺买了牵牛，买了葫芦花，将两军配置于阳台前方，同时发现了以前好像是从谁那里得来的牵牛种子，将它们向新盆中凌空撒下。在旁边的花盆里盛了土，将过季的罗勒和薰衣草的种子撒入，盖上盖子，让它们忍耐到发芽。俺已经被逼到见了什么都想征兵的末期状态。

把根本不开花的昙花从窗畔移到书房，剪下几根枝条泡进水里。期待的是由此诞生夜晚的新生军力。另外，在之前放昙花的地方摆上了咖啡树。心想作为守望阳台的部队，尽量还是用高个子的家伙更好些。这是心情的问题。

随后甚至买来了最爱阳光的多花黑鳗藤。这家伙也许能成为战斗力的微弱希望也随着纷纷散落的奶白色花蕾一同消散了。心里很是懊恼，某天甚至买了用作切花的向日葵，但这才是毫无意义。毕竟这跟阳台跟盆花都无关。俺是想好歹凑齐能战胜夏天的植物。

然而，一眼望去，除新来者之外的阳台植物无论哪一盆都没有枯死。在酷暑之中，这些家伙出乎意料生机勃勃地活着。甚至给人一种感觉，似乎老将们一边看着新人不断病倒，一边面带得意的微笑忍受着炎热。

就这样，俺坐拥因错乱而增加的新花盆们，凝望着忧心事越发多起来的阳台。

这个夏天会很长。俺究竟能把我军精锐以及伤兵们保护到哪一步呢？

全体阳台人诸君！

俺也在努力实干。

你的艰辛不止属于你一人。

千万要挺住！

牵牛花：颜之空间 [1997.7.23]

阳台上的"颜之空间"建成了。虽然只是将牵牛花和葫芦花并排摆放，这个读起来像是"chaos pace"[1]的名字让俺不禁窃笑。

通常所说的"北叟笑（窃笑）"多用作比喻，但俺的情况不同。俺面对牵牛花和葫芦花，真的是窃笑不已。

最左边放的是从花店买来的牵牛花的小盆。在它右边放着的是两个撒了种子的花盆。放在最右边的是购入的葫芦花。

葫芦花的成长快得惊人，在颜之空间曲里拐弯地伸展着，大约三天前开了花。

那天，原本嘟着嘴的绿色花蕾不觉间变成了白色，向前伸出。长度大概有三四厘米吧。顶端就像孩童的性器那样微微弯曲蜷缩着，实在可爱，就摸了一下。花朵纤细的质感传到指尖，俺慌忙将手缩回来。

可是，仅仅五分钟后，正开始傍晚浇水时忽然看见，这家伙竟早已绽开了。将旋钮慢慢松开，渐渐膨胀开来的葫芦花的蓓蕾。那情形有如快进的录像带，又像在放慢镜头。

---

[1] "颜之空间"的原文读音是 kao space。在日文中，牵牛花和葫芦花分别是朝颜和夕颜，故有此命名。

俺就那样拿着喷壶坐下来,在逐渐昏暗的夏日阳台上对着那神奇的时间的扭曲发出叹息。葫芦花的蓓蕾将扭曲反向旋转,也让俺们动物的时间乱了套。这样想来,不合常理这个词浮现在脑海。这些家伙们生存的时间是不合常理的,不,其存在本身即大大的不合常理。

当初只因谐音而得来的 chaos 之 pace[1] 还真是恰如其分的名字呢。这样赞美着自己,俺在阳台一直待到葫芦花完全开放。并且做了各种思考,关于植物这种生命的不合常理曾给俺们人类的文化、文明带来什么样的影响。越是思考,这思考就越发宏大起来。

这份思念早晚要作为植物论归纳成章,不过俺且先把世界分为"植物认同文化"与"动物认同文化"这两个部分。"植物派"向往花草的不合常理,必定会创造出"轮回转世"的概念。一次又一次地投生转世,在俺看来不过是一种反罗曼蒂克的荒谬想法,其实只是对花谢后种子再度发芽的比喻。但是,植物系民族就是这样无论如何也要将植物式的时间化为己有。可以说,是因为人就是一年生草本。诞生、长大,开花后衰老。生命的周期于我们仅只有一回。

在葫芦花绽开小小花朵前的短暂时间里,俺的头脑也在以

---

[1] chaos 意为混沌,无秩序。Pace 即步伐、进度之意。

可怕的速度扭转着，绽放着花朵。

那旁边的种子们，当然也有趣得很。个头已经生长到约十厘米高，但种子的外壳至今依然顶在叶子顶端。其模样就好像叼着奶嘴的青年似的，让人不得不承认这的确是牵牛花的魅力之一。

人们总想给牵牛花的叶子洒水。据说是为了撷取夏日的凉意。但俺不认为仅只是这个理由。对仿佛还残留着婴幼儿般的娇态的牵牛花，俺们无法克制地想给它浇水。是因为觉得那仿佛是自己的娇态。因为是保留着浓浓的恋母要素的牵牛花，俺们才爱着这种植物，勤勤恳恳地照料它。也就是说，牵牛花象征着自身内部的幼儿性。

毫无例外地，俺也勤勤恳恳地给牵牛花浇水。夜里给叶子洒水，在月光下痴痴地凝视它。就那样带着种壳，牵牛花一副已完全长大成人的模样，在风中摇曳。

它边摇曳边成长，不久便会在阳光照耀的阳台上挺立起它那孩童的性器吧。它定会讴歌自己的天下，展现出犹如男子汉的英武之气。然而它的枝蔓纤细柔嫩，且十分脆弱。花儿也轻薄得仿佛经不起一握便会破败枯萎一般。

极其幼稚。牵牛花是极其幼稚的。或者说它就是稚气本身。

像年轻武士般的植物。那还处在依恋母亲的年纪，故意比划气派的刀剑、跨在马上昂首挺胸的年轻武士。

长期以来,俺们爱着这样的孩子气。在对植物寄予认同的传统之中,对未能长成大人的牵牛花,俺们一直以来都投以慈爱的目光。

对于俺们男人,牵牛花是某种意义上的自己。希望它是自己。俺们在心底隐隐地期望着,想要像原谅牵牛花的稚气那样原谅自己。

一边期望,一边放弃了期望。

1997 年
8 月

(August)

金鱼：反向生存者 [1997.8.8]

开完研讨会从纪州归来，只见水槽里的金鱼有两条浮在水面上。一条露着已经开始发黑的肚皮，另一条（是红一号）勉强留存着生前的姿势，但一只眼睛已经变了色。青鳉本来有好几条，其中两条也变得通体发白，沉在水底，俺一句话也说不出来，把这些死者用网捞出，埋葬在阳台上大花盆的土层深处。

之前给它们撒下了固体鱼食，也花心思把水槽放在阳光照射较弱的位置。从气味判断，好像是水臭了。但不清楚那是致死的原因还是因死产生的后果。

之前白一号突然死去时俺也不在家。难道自己在的话，就能预感到它的死亡，并能够防患于未然吗？面对只剩下三条青鳉的水槽，俺茫然沉思着。

它们似乎总是出其不意地死给你看。使用极少的时间，它们万无一失地做好死去的准备，并朝着目的地一气奔去。若是在数日间露出状况不佳的样子，俺还可以采取对策。然而它们的行动总是很突然。活像遭了雷击似的，它们把眼睛瞪得溜圆，就那样死了。

简直是在宣称自己是猝死的。感觉像在说，既然你没看见我死去那一瞬间，那我就这样浮着给你看呗。没一点有条不紊慢慢死去的样子。如此这般身体不适，再加上这个那个诸多缘由才导致了死亡，它们并未出示这样的前因后果。

俺深感金鱼的死法竟是如此不合情理，茫然地来到阳台。恰如代替了金鱼一般，木槿开了一朵。不，是展示着开过后枯萎的残骸。再一看，旁边还有两朵凋谢的牵牛花，就像扔弃在岸边的气球那样耷拉着脑袋。

两者都是趁俺没看见的时候开了花。开花之后水分不够，所以完全枯萎了。俺慌忙给它们足足地浇了水，将这里那里蜷缩的花瓣小心翼翼地重新舒展开来。过了不到一小时，牵牛花不出所料地充分展现出花的样子，恢复到了差不多最盛时期的八成姿色。

植物就是这样缓缓死去。至少，它会把走向死亡的经过留在身体上，并且会突然复活。如果说动物是突然死去，缓缓存活的话，植物拥有的就是截然相反的生命形式。可以说，俺们（俺和植物）活在入口和出口相反的状态。

俺这样茫然思考着，再次回到水槽前，将目光朝向之前不曾留意看过的青鳉们。在换了水的水槽里，令人吃惊的是，水草开始了激烈的光合作用，正噗嘟噗嘟地冒着氧气的气泡。

自打前几天买了它们来，这些水草从未露出过呼吸的样子。看上去没精打采，还以为就快死掉的水草，竟然在金鱼死掉的瞬间，也不知怎么想的，就开始生机勃勃地吸取二氧化碳，呼出氧气。

所以植物就是难缠。植物将生命的时间弄得断断续续，突然开始讴歌生命，然后又陷入沉默。就像坏掉的时钟那样，任性地支配时间，但是又远比俺们人类敏感地测度阳光，并区分季节。

死死盯着得意洋洋继续吐纳的水草，俺头一回为死去的金鱼感到悲哀。不能突然复活的动物身体教人悲哀，还有将身体慢慢长大直到今天的每一天也很可悲。

曾想可以在金鱼的遗骸上撒些什么种子。然而，俺中止了这个计划。对覆盖了动物的枝繁叶茂的植物，俺第一次感到了憎恨。

莲：憧憬的尽头 [1997.8.22]

一边想着绝对要买，一边总是觉得绝对不能买的植物。那就是莲。

总之，莲是阳台界的鬼门关。它会让人想要华美又沉重的水缸，这一来搬家时可不得了。更有甚者，若是孵出了蚊子，还将困扰邻居。即使现在，俺的邻居大人已经每天早晨给阳台洒水了。估计是由于俺阳台上的土乘着风飘了过去。这要是蚊子也飞去的话，俺难保不会在自责的念头下一头扎进莲花钵里，选择窒息而亡。正因如此，俺才放弃了种莲计划，靠养点儿水草来蒙混自己。

八月开初，相熟花店的门口摆出了莲花。因为是心中向往的花，俺每每经过便不停地瞟眼看它们。一边告诉自己买不得，事与愿违，一边又想要得不得了。那时金鱼还没死，就妄想着新买几条金鱼放入鱼缸里，又想试试养泥鳅，执迷于这奇怪的想法，俺到金鱼店去看了看。某日，骗自己说先去打听一下培育方法之类，就当是补充知识，于是走进了花店。

进店时就已预感，会买下它。虽有预感，俺却故意装出热心观察其他花的样子。碰巧店主在店里。俺发现一种可爱的小花，便向他打听名字，故作惊叹地将之买下。那花如今依然在阳台附近的窗畔茁壮地开着，而花名却根本没记住。它是莲花的牺牲品。

随后，俺小心翼翼地开口道，呃，我说那个莲花……店主未等问完就回答，哦，那个啊，只要给它浇水就好，很好养的。又是不错的品种，等花开完了给它喂两条小鱼干做肥料吧。你这是要回家了吧。回的话我可以开车送你，跟莲花一起。

一般人大概不明白，店主的话从各个方面刺激了俺。首先容易养活。而且还有喂鱼干这种好像喂养金铃子一般的好玩事儿。况且店主当即表示可以帮俺搬运。更因为俺就喜欢搭别人的车。小时候，乘坐伯父的卡车去地里，曾是俺最大的乐趣。

自己的童心被充分地刺激着，俺拼命忍住了。即便如此，还得买陶制的水缸呐。并且金鱼也会增加。刮台风的话，泥水漫出来，难保不会侵犯到邻居的阳台，弄得遍地泥巴不说，那里头还有可能游着金鱼。

五分钟后，俺坐在了店主的车上。

就这样，那天下午，莲花已坐镇俺的阳台一角。简直觉得所谓朝朝暮暮也不过如此，俺过上了每天看莲花的日子。它从淤泥中伸出健硕枝茎的模样，两个花蕾仿佛心事重重俯首而立的身姿，真教人百看不腻。

并不需要花纹美丽的水缸。随它放在腌菜缸那样的水盆里，莲花便已充分散发出超凡的魅力。既然在夏日阳台上的缸里装了水，便不可能养金鱼了。那热度就连蚊子幼虫也会当即死亡。

数日后,花开了。绽开深粉红的花瓣,黄色雄蕊轻摇的莲花宛如天上的灵物般优雅地呼吸着。俺忍不住取出数码相机,拍摄芬芳的花朵,拍摄圆叶上呈水晶模样的水滴,拍摄颀长舒展的绿茎。

还好拍下来了。外出约两天后归来,水因炎热干涸了,圆叶周围一圈都变成了灰色,向内卷曲着。幸亏花已开完,俺才不至于产生想要一头扎进剩下的淤泥中窒息而亡的悔恨。看着在风中嚓嚓作响的叶子,俺想,如果把这形状看做花的话,又会怎样呢?

的确,干枯的叶子依一定的规则卷起,那形状就像没勒紧的布口袋。看起来莲花本身并没有枯死,所以俺很快振作起来,再度过起了每天观望枯叶的日子。

不久后,花瓣落去的花蒂显现出近似莲藕的形状。正中有一个孔,以此为中心有五个,总共六个孔,每个孔里各装着一粒种子。或许因为经历了干涸,种子比孔眼小了许多,仿佛盛在碗里的一寸法师。一寸法师身在摇曳的枝茎顶端,却总也不见他从孔眼中掉下来。

那情形,又宛如佛像端坐在莲花宝座之上。在莲花寻常可见的国度,佛教徒们在漫长的历史中一定也抱有这样的观感。正因如此,莲花才会成为佛教的象征,时至今日俺才理解了。

过了几日,从孔眼中取出种子,绝大部分投入泥里。就像佛陀置身众生之中，种子漂浮在水面上。又将剩下的两粒种子放进装了水的玻璃杯，将其放在厨房。

不过，种子一直没有发根的迹象，也没征兆显示佛陀会打破禁锢，跳出来宣称天上天下唯我独尊。那种子异常细瘦，干得像喂松鼠的葵花籽一样，看来到底还是死了。

俺想这就把干得发脆的叶子统统剪掉。从淤泥下面，已经有呈经卷形状的细长叶子长出来。俺打算精心培育一番，来年让它们再度开花。之后，迎来生机勃勃的佛陀镇座于莲花宝座之上，再将之投入泥土。

那时候，应当可以将金鱼买来。这样它们便可以守护刚刚诞生的佛陀了。身负如此重任的金鱼，佛陀也不至于再让其死去吧。

牵牛花：阳台人的矛盾 [1997.8.25]

牵牛花接连不断地开了。

然而，犯愁的是，过着都会阳台人的某种生活，俺总是在清晨入睡，中午过后才起床。

入睡前，能目击如打湿的油纸伞般即将绽放的花蕾那柔嫩的生命。满怀感慨地想：啊，又一朵牵牛花要开了。

可是，起床时花已开过，蔫在了那里。花朵就像雨中落在路上的纸巾，彻底化成了一滩。

真是的，牵牛花为什么会是"朝颜"呢？

1997 年
9 月

(September)

文心兰：抛弃弃儿 [1997.9.20]

本月初的一个深夜，当俺单手提着一只半透明的袋子，轻轻打开公寓垃圾房的门时，只见可燃垃圾的架子上放着一个大花盆。

一看，是一株过了花期的文心兰。大约六枝长成的枝茎朝着暗色的钢筋混凝土墙壁伸出，最长那根枝茎的顶端还剩下唯一的一朵开残的黄花。细细的乌冬面一般的根须从花盆里向四面爬出，仿佛正在求救似的可怜巴巴地望着俺。

俺想，这可不得了。即使对普通人而言是垃圾，对俺就相当于弃儿。当场一时不知如何是好，俺暂时回房间思量了一番。不留神把垃圾袋也拿了回来。可见经历了内心的激荡。

房间里已经有蝴蝶兰。开过多次花，曾令俺狂喜不已的蝴蝶兰，如今已枝茎枯黄，这半年来一直没有长新枝条的迹象，正隐居于窗畔的圆桌下。

对一旦用尽了开花之力的兰花，以素人之力使之再度迎来盛开是很鲜见的。凭经验，俺深知这一点。阳台上还有一盆刚买来就落了花的兜兰，就那样耷拉着活像滚石乐队的舌头标志的叶子。

即便把那个弃儿从垃圾房捡回来，如果同样只让它疯长些长舌似的叶子的话，俺也无法感到满足吧。总归要变成累赘，俺将只能在内心里念叨着说不出口的脏话过日子。然而在另一方面，显然还有一个不忍将可怜的弃儿置之不顾的自己。那个奇怪的俺如是说——

看见了吗？阳台人呐！身为都会中产阶级的俺啊！那种着文心兰的好像是蓝色陶器的花盆一定相当好用哦。

总而言之，俺其实是看中了花盆。所谓行善就是这么回事。

清早，俺再一次拿着垃圾袋进了电梯。来到垃圾房，才发觉心脏正怦怦跳个不停。对方是被遗弃之身，俺是来收养弃儿的。明明没做任何坏事，俺却怀着窃贼般的心情，抱起花盆就仓皇地奔回房间。

水苔已彻底干枯。连忙足足地浇了水，并决定当天暂时不施肥，先看看情况再说。因为想试探一下它是否能应付环境的变化。幸好，文心兰吸了水，变得鲜活。从枝茎那精心修剪过的痕迹也能看出，之前的主人并未疏于对它的照料。多亏如此，这家伙不曾因被弃而受创伤，咕嘟咕嘟地喝了水便喘过气来。俺在三天后给它插了液肥安瓿，进一步关注其长势。开完花的各枝茎都开始成长。

放下心来的同时，俺受到了犯罪感的折磨。毕竟未曾打算培育所有分株。有好几根显然已完成任务的枝茎。可以想见前主人也正是因为知晓这一点，才哭着将它抛弃。并且，俺是想赶快腾出蓝色花盆，以便充作他用。

照顾着它，长此以往必将导致感情的产生。一周后，俺让自己保持着内心的虚无，在地板上摊开报纸。从花盆里把所有分株都取出来，细细端详六个分株。显然已有创伤的算是"孝顺的养子"。因为它们给了俺将其扔弃的理由，为俺减轻了心中的纠结。

俺一边感谢养子们，一边将它们放入半透明的垃圾袋。然而并非完全不纠结。"与其这样当垃圾扔掉，还不如连盆带花扔掉呢。"这样的疑问呵责着俺。毕竟原是冲着花盆去的，感到亏心。若要追究这个的话，俺就玩完了。植物不说话，对此，俺致以热烈的感谢。

几年前，俺曾打算写一篇名为《抛弃弃儿》的短篇小说。虽然并未仔细构思内容，反正大致是想描写抛弃植株时自己的复杂心境。即便捡拾的时候是善人，到了再度抛弃的时候，立场就变成了大恶人。想来如此这般十分有趣，但万万没料到自己竟然成为了主人公。

总之，最后剩下两个分株。扔掉其中一株的话，俺就可以充分地照管好。一株是顶端还带着花朵的那株。另一株叶子长得非常好。

一般来说，将会开花的枝茎的生长是有规律可循的。有较大的叶子，旁边如果长着一个仿佛在守护叶柄、形状像舌头微微撮起的小叶的话，其间将会发育出枝茎。但如果那里是已长出的枝茎，并且还带有创伤的话，复活就很难了。以俺对蝴蝶兰的观察，这规律已了然于心。

剩下的两个分株都有那关键的叶子。俺犹豫极了。一边犹豫，就顺便从垃圾袋里把其他分株取出来，优柔寡断地对它们也倾注了温情。颇有柔肠寸断想要乱喊一气的意思。从报纸间散落下来的水苔与作业过程中弄断的根须撒得屋里到处都是，给人一种杀了人正在分尸的错觉。

终于，俺决定将甄选留下的两个分株都培育一下，于是急忙把垃圾袋的袋口牢牢系上，并告诫自己决不可再度犹豫。

残留着单独一朵花的分株上，从其他部分又开始长出三根枝茎。俺集中地对这家伙加以照顾。那劲头仿佛是想通过照顾来免除抛弃了弃儿的罪过。将根须仔细清洗后放入水苔之中，放置一段时间后插入液肥安瓿，埋下固体肥料。又安插数根支架，以支撑软绵绵的新枝茎，并用心地浇水。

于是，在新枝茎的各个部位交互发出了小芽儿。还不到一星期，就能看出它们并非徒长的叶芽。因为在玄米颗粒大小的芽儿表面，浮现出好似少女雀斑的褐色斑点。它们开始做开花的准备了！

这以后，俺仅只调整支架的角度。在尽可能坚持放任主义的同时，每天不忘关注这些为数众多的花芽。于是，三个星期后，即昨天，在长长的枝茎顶端，犹如歌舞伎或净琉璃剧里的道具蝴蝶一般紧抓枝头不放的花凋落了。与此同时，新的花朵零零星星地开始绽放。

形似纹黄蝶的花朵很小。这是预料之中的事。若是有心要让花开得再大些的话，俺就会首先将只剩一朵残花的枝茎剪掉，只选新枝茎中长势最好的一枝，把其他的全都去掉。只不过，不那么做才是俺的做法。

只要有想开花的枝条就让它开。即便不打算开花，只要健康向上，就随它枝繁叶茂。哪怕是冲着花盆去的，也要关怀捡来的植物。

幸亏如此，预计在今后差不多两个月里，俺还可以欣赏这过于小巧的文心兰的黄色花朵。问题是另一株只管继续长叶子的分株，不过倒也不至将它抛弃。什么时候只要有心，这家伙也会开个花什么的吧。即使不开，俺也会不紧不慢地给这家伙浇水，将它置放在向阳的地方。

茄子：千里挑一的永远 [1997.9.28]

阳台上也有茄子。

自从买来已经过去两年，如今依然繁盛地开着花。

花当然是浅紫色。中间的黄色十分艳丽，所以仅此便足以赏心悦目。叶子上有稍微带刺的表皮，触摸时每每令人想到大象的背脊。

俺从前曾造访过一处饲养失去父母的小象的设施。地点在斯里兰卡内陆。在那里触摸过的大象们的皮肤的感觉，有种难以言传的冲击感。不，并不是说它们异常。因为是第一次摸象，从前不知道大象的毛竟然那么硬，简直就像铁丝一般长长地舒展着。

后来，又在泰国的素可泰和中国的深圳骑过大象。看来比起成年象，小象的毛更长。小象的毛长到令人百思不得其解，而且稀稀疏疏地支棱着，毛上还挂着些死掉的虫子什么的。

看到那模样时，过分的"不可爱"伤了俺的心。且不说小飞象，俺们在为数众多的绘本和漫画中看惯了小象。一直觉得它们可爱得不得了。哪想到这家伙背上支棱着弯弯曲曲的铁丝一样的毛，让人想摸也不知从何下手。勉强能摸的是铁丝的尖端，而且对小象那出乎意料的体臭更是一无所知。

尽管如此，俺也并没有瞧不起茄子。说是说没有，这家伙很容易长虫。也不知是从哪里冒出来的，放任不管的话，不觉间便爬满了蚜虫。慌忙给它喷洒防虫剂，药剂的强劲使叶子也微微发白了。有点瘆人。那瘆人的感觉依然很像小象。

不，真的请相信俺，俺并不是说茄子像小象那般令人不快。

作为证据，俺在各种各样的位置培育茄子（一方面也意味着那是不给其他花盆添乱的位置），终于发现一个不长虫的地方，于是将茄子种在那里。阳台左侧角落，几乎就是个农场般的地段，多亏如此，茄子前所未有地茁壮成长着。

有一次，俺在花店前观赏别的植物。就在这时，一位优雅的阿姨走过来说道："哦，您在看茄子呐？"说没看的话未免失礼，只好回答："是的，在看茄子呢。"说起来这对话也够傻的。

阿姨笑眯眯地也垂下目光看茄子，接着说道：

"俗话说，父母的意见茄子的花，一千个里也挑不出一个没用的哦。"

那一瞬间，俺莫名其妙，但能理解她是想说句什么不同凡响的话，于是连忙附和："说得真好啊。"

"知道吧？茄子的花一定会结果。跟父母的意见一样。听父母的准没错儿。"

俺这才把握了格言的全貌，越发用力地点头，顺便多此一举地发出叹息，做出感慨的样子。

老年人的话俺是喜欢听的。况且人家还是对一个刘海剪得齐刷刷的奇怪男子特意搭了话。这恩情俺觉得不能不报答。只想彻底扮做一名好青年,让这位阿姨的一天变得明朗起来。

"哎,这句话从前都不晓得呢。多好的格言啊。父母的意见,茄子的花……"

记不起来了。但话已经抑扬着到了嘴边。若不收尾,就将前功尽弃。为了在瞬时间找到父母的意见和茄子花的共同点,俺着了慌。

"呃,茄子的花……"

没有。正因为毫无共同点,格言才越发有趣味。庆幸的是,阿姨微笑着重复了一遍。

"一千个里也挑不出一个没用的。"

"哦,挑不出没用的。"

俺的脑瓜才是没用的。

俺想这时候必须有所表示,立刻把那盆茄子拿在手里,说:"这个,我买了。"

装作好青年的样子,目的是将恶化的事态扭转。如果这能孝敬一下别人的父母,把茄子旁边那盆本来想要的花放弃了也不算什么。

就这样,俺与这家伙的交往开始了。令人震惊的是,最初一朵花突然间凋落了。第二朵总算长了个小不点儿的茄子,但还没长大就枯掉了。

自那以来，茄子一边带着满身的蚜虫之类，一边时常地长骨朵，时常地开花。

并且，开了便落。

也给它换了盆。土里也施了肥。然而还是没用。连千分之一的果实都没结出来。

恰如小象其实并不可爱，格言在现实面前也脆弱地崩塌了。

不过，茄子的花，它总是不厌其烦，精力旺盛地挑战，刚迎面上前，就不争气地凋落殆尽。至少，它教给我，这才是它与父母意见的真正的共同点。

1997 年
10 月

(October)

仙人掌：仙人掌一家 [1997.10.21]

形状类似黄瓜的两根仙人掌。这一盆是老住户了。好像已有大约四年，它被放在变化纷呈的窗畔，就那样沉默着。

若从开头说起，这是从曾经一起共事的员工那里得来的。在过生日的时候。我觉得这礼物跟伊藤兄的性格十分般配呢。记得俺听了这话不禁苦笑。

俺在那时曾拥有时不时买切花来插在花瓶中的高雅趣味。当时住的地方后面有商店街，那里有间小小的花店。俺大约每隔一两周就去一次花店，将便宜的搭配好的切花买下。

花店老板态度好到奇怪的地步。若有状态稍微不好的花混在里面，他当即就给换掉，有时还特意降价。俺想，他十分理解俺是在极其私人地享受花道，所以把俺当作热爱花草的同好致以声援。

俺定期购买的那些切花的搭配其实是供佛的花，告知俺这件事的是送俺仙人掌的员工中的一位。说起俺平时买的花的种类和价钱，她大笑着对俺说：

"花店老板以为你是用来供佛龛呢。"

的确，花店老板总是一副要说"好感动啊"的样子。实际上他总是以那样的表情把花束递给俺，并深深鞠躬。俺一边觉得奇怪，一边也以深深的鞠躬回敬他。

那鞠躬的交换，其实是为吊唁死者而进行的，这让俺大吃一惊。确实花束里必定有菊花。没有的话,就是曼珠沙华[1]。都是死去的人喜欢的花。

可是谁也没死。虽然没死，俺却几乎每个星期购买菊花或曼珠沙华，于是花店老板向这感人的男子送上赞叹与同情的声援。就在沉痛的气氛中朝他的背影道一声感谢，为没有意义的吊唁呈上无用的鲜花。

自那以后，俺不再出入那家花店，甚至把家也搬了。

无知的俺出洋相的事就不说了。问题是仙人掌。

也没怎么浇水，被放置一旁的仙人掌，不久，便直伸着脑袋开始转为枯黄。俺想这可不行，总算匀出时间给它浇水、施肥。为了能晾干变色的部分，还把花盆移到了光照好的地方。

这期间是三年。伸出脑袋，变了色，浇水施肥，晒太阳。这竟然是三年里仙人掌所发生的变化。简直没有比这更拖沓的了。全身覆盖着尖刺，俨然一副神经质的模样，但这小子实际上是个出人意料的慢性子。

不过，到今年是第四年。这小子迎来了巨大的变化。首先是从根部附近长出了稚嫩的小仙人掌。只有一岁婴儿的小手指那么点儿大的招人怜爱的小仙人掌。发现它让俺不禁狂喜，用

---

[1] 红花石蒜的日本名。

数码相机将这幼小的生命留了影。同时小心翼翼地避免弄湿它,一边开始浇水。

小仙人掌也是个慢性子。总也不见它显著地成长,一直在父母脚下磨磨唧唧。受不了它的拖沓,俺把它移栽了。表面理由是担心根须太过密集,实际上是无论怎样只想关怀照拂一番。

这种奇怪又微妙的心情,只要是阳台人应该都懂。虽说根本不需要移栽,但这样下去的话,日渐高涨的爱心与缓慢的成长将难以协调。所以,不得不加以不必要的照拂。

然而仙人掌的移栽比预想的更加辛苦。戴了棉手套,手指竟然还是被刺。眼看要被刺到,不禁一缩手,尖刺便勾住了棉手套,失去平衡的仙人掌倒在地上。慌忙伸手去扶,于是尖刺又重新攻入。若是愤而踹上一脚的话,好不容易才高涨的爱心将无从释怀。

装入多肉植物专用的那种形如白砂的土,将整株仙人掌栽下,它意外地歪倒了。这下又要面对疼痛与爱心的天平的两端。拼命想把它放周正,但当事者并没有感受到这份爱心。这小子只管对周围发起攻击,一心保护自己。

就这样,总算把它移栽到一个大盆里。脱下棉手套,露出被刺得伤痕累累的手指。移栽大功告成,感觉仙人掌正讴歌着自由,阳台人终于沉浸在完美的自我满足之中。"这下好啦。"这样自言自语着,几乎就要去爱抚仙人掌,但还是忍住了,改为浇上少量的水。

然后，几个月过去了。

如今小仙人掌增加到五个。对慢性子的仙人掌而言，堪称快得稀奇，眼见着就分了叉。其中一个更是从曾经封闭的头顶部分，突兀地伸出一个新脑袋来。太狂妄了。身高五厘米的狂妄。

看着染上稚嫩又有透明感的绿色的小仙人掌们，俺简直想赞美实行了移栽的自己。亏得俺手指被刺破也要坚持，才使得小仙人掌欣欣向荣地长了出来。

俺每天去看它们。对仙人掌一家出人意料的充实生活感到欣慰，唯独要忍住不去爱抚，只能一味观望。浇水作为爱心体现，也因对方是仙人掌而必须加以控制。所谓隔靴搔痒就是这感觉。

因此，现在，俺几乎就要被猛烈的欲望操控了。

要说能为这一边拒绝着爱心一边显摆着娇态的仙人掌做的事，在世间仅仅只有一件。

那就是移栽。

曼陀罗：谜之入侵者[1997.10.27]

　　说到曼陀罗，自然是《寄物柜婴儿》。记得是毒品的名字，村上龙用曼陀罗为之命名。原本就有毒性的曼陀罗，在俺的戏剧《戈多被等待时》中也作为象征性的植物登场。

　　关于主人公戈多，为了对抗贝克特（既然说GODOT与GOD有关），于是赋予他弥勒的性格。对方说好到时会来赴约，他却因过于长久的等待而忘记了约定时间。在这位弥勒的眼前，有一棵枯死的树。是本应散落在佛陀之上的曼陀罗华，是传说从上吊自杀的男人的精液中长出的风茄。

　　曼陀罗华和风茄都不是俺编造的。实际有这样的植物。记得好像是与曼陀罗花有关联，感觉就是曼陀罗花。说是感觉，是因为俺的记忆异常模糊，写剧本时曾搜集各种资料。但是，忘了。彻底忘记了。

　　曼陀罗华在印度是 māndārava，也就是曼陀罗花。俺最近正集中阅读佛典，这 māndārava 动辄就落在世尊头上。哦对了，想起来了。想起来是什么东西撒落下来。曼陀罗华，Datura，也就是洋金花。别名疯茄儿。这别名可不得了。不知被这玩意儿落在头上的佛祖们会怎样，总之曼陀罗花这小子是同时具有两个极端的传说的神奇植物。

　　正因如此，大约两年前，俺在花店发现了曼陀罗花时，不管三七二十一就将它买下了。喇叭形的黄色花朵微微低垂着开放的模样有些不寻常，也不错。别看它模样温顺，这小子身体里可是含有毒性的。

然而这有毒的发疯茄子却立刻凋零了它的花朵。自那以后不再开花。虽然不问季节地簇簇生出柔软的叶子，遗憾的是，跟花朵似乎没了缘分。俺总是足足地浇水，梦想着它会再度拥有黄色喇叭，然而却一直未能如愿。

就这样，到了今年，从河内桃子女士处获赠了曼陀罗花。与她同上一档以盆栽植物为主题的节目时，她要俺一定收下。当然她没说是曼陀罗花。那个……俺又忘记了那名字，曼陀罗花这家伙有个让人想到启示录的别名。天使什么的。对了，天使的号角。跨越了东洋西洋，简直就像007一般。对于用那个漂亮名字称呼它的河内女士，曼陀罗华或什么茄儿之类，俺可说不出口。

送来的盆花的确是曼陀罗花，大小跟之前拥有的那棵也差不多。俺开心地将它们并列，用心地浇水培育。

然而——三天前，曼陀罗花发生了突变。幸亏是俺之前种的那棵，细长的叶子被吃得一片狼藉。对，就是一片狼藉的感觉。这若是人咬碎的痕迹，想来他一定有张相当宽阔的大嘴。当然，俺并不认为对方是人。别看俺现在这样，小时候也曾有当一名昆虫博士的志愿呢。一看便能断定是青虫干的坏事。

可惜的是，俺已经长大成人，对这类虫子已经丧失了不动声色将之拿下的胆量，只好提心吊胆地凑近端详。被咬过的叶子下面落着黑色的粪便。那家伙肯定在那里。可怕的是发现的瞬间。发现隐藏着的青虫的那一瞬间，与蟑螂动起来的瞬间同等恐怖。发现它的明明是这方，怎么会有种"着了你的道"的感觉，教人气恼。而它全然没有让你上当的意思。只要能隐藏着蒙混过去就行。

不过，奇特的还在后面。哪儿都找不见青虫这臭小子。寻遍顶端仅有的几片叶子，却没有它的身影。那就是枝茎上了，于是仔细看了，它却并不在那里。最后用喷壶敲了敲枝茎，并没有什么东西掉下来。

极其奇怪的事态。难道是在一旁的木槿上……管辖那边的是大群的蚜虫。那就是说青虫依然专注于职责所在的曼陀罗花的处理。但是，它不在。虽说很不舒服，但这天只好放弃，回了房间。

于是，今天……正要走上阳台的俺不禁驻足不前了。曼陀罗花只留下枝茎，叶子全被吃光了。俺感到背脊发凉。怎么说也太迅速了吧。对方若不是大家伙就不可能发生的事，竟然就发生在眼前。俺故作勇敢地穿上拖鞋，远远地目不转睛地望着曼陀罗花。可那家伙又隐身了。只留下大量的粪便。

吃完了躲，躲完了吃。从未听说过有这样的青虫。就算它躲起来，不愿离开最爱的食物才能体现虫子之流的智慧不足。可是，出现在俺阳台上的曼陀罗花吃客却遂行了非虫的行为，在吃尽了所有的叶子后，便潜伏到某个难以置信的地方去了。

若说是挑衅的话，没有比这个更严重的挑衅了。叶子被吃光就已经很伤心，这家伙却还让俺一直怀有"发现的恐怖"，总也不显露它的存在。

俺一边几乎要发起抖来，一边将尚未受害的河内女士的那盆移到了远处。这家伙也许已经潜伏在那一盆里。它悄悄藏在土里，也有可能会突然跳出来。又或者，我忍不住想象它啪嗒一声落在头上的情景。甚至会像乌鸦那样呼呼扇着翅膀，发出令人厌恶的声响，从出乎意料的地方突然袭来。这家伙可不是一般的青虫。它是超越了虫的生命体，连有毒的曼陀罗花都能吃掉的怪物。

说不定……现在俺正想着。在《戈多被等待时》里，也有曼陀罗华的果实不知不觉间被吃掉的场景。既像弥勒，又像基督，也像宇航员的主人公戈多，觉得附近有谁，又觉得是自己把果实吃了。随即，戈多恰如中了剧毒般开始难以动弹，他嘟哝着"走吧"，舞台渐渐暗了下去。

如此看来，吃曼陀罗的就不是虫子。是弥勒吗？是基督吗？或者其实是俺自己吃了。那么救世主或俺自己，就成了会拉出小小黑色粪便的存在。

等待着的将是救赎还是中毒而死?

抑或,是青虫的发现。

俺的阳台,此刻正迎来危机……

1997 年
11 月

(November)

十一月的阳台：大丽花之紧急治疗[1997.11.11]

今年的多头菊开出了比去年形状规整的花。

到头来只不过是多注意浇水和施肥，它想要怎么乱蓬蓬都不要紧，说来它依然是放任主义家庭的孩子。从十月底到十一月中旬，这家伙以整体上勉强似球形的架势开出了大量黄色花朵。

或许，只是俺习惯了它的不成样子吧。

阳台上，蟹爪兰也开始长骨朵了。去年的辛劳太过痛切，所以今年不打算再做短日照处理了。看来蟹爪兰也和多头菊一样切身感受到放任的氛围，于是开始随性地给硕大的花蕾染上红色。

然而，并非一切都可放任为之。一瞥之下，也有非常衰弱的盆花，正等待着俺的搭救。

之前买过一盆大丽花。将它放在了阳台上。花朵很快衰弱，然后就枯萎了。为了让它休养生息，把它搬进室内，不久又将它送到阳台上。期望吹拂一下室外的风，能使其恢复野性。

幸好枝茎一点点长长了。于是俺放了心，给大丽花浇足水之后，便不再管它。但是，长长的枝茎眼见着弯曲成了蛇形，开始向花盆外歪斜脑袋。与其说是野性，倒不如说是个面色苍白的高个子病人。的确，那茎叶纤细，颜色也变浅了。

这一来俺暂时失去了兴趣。也不知为什么，俺似乎从根本上厌恶那细长无力的枝茎。若这上面开出点儿花来的话，俺反而会感叹"它竟然如此努力向上啊"，还会对它生出泛滥的爱心。然而，对毫无建树忽忽地虚长，且又是软塌塌的攀附之辈，俺是不能原谅的。

就这样，大丽花降格为"似有若无"的盆花。当然水还是会浇的。不过浇水时，俺确实对那里的花盆视而不见。那感觉就像在给不存在的东西浇水……

亏得如此，大丽花一边将虚弱的身体伸向花盆外，一边迎接着难捱的秋天的到来。

然而昨天，大丽花被俺重新发现了。俺突然注意到了，"有个本该不存在的东西"。

估计是俺感到了阳台上冬季的到来。应该将哪个花盆搬到室内，让哪个花盆任寒风吹拂呢？这种判断令阳台人感到紧张。要是弄错了时期和种类，最后将导致盆花死亡，本应绽放的花也将功亏一篑。并且枝条的修剪、肥料的最终确认等，还有许多须在入冬以前做好的事。

正是在这些充满紧张感的选择当中，瘫软的大丽花唐突地出现在了俺的眼前。这家伙到底怎么啦！俺在心中几乎是这样呼喊道。虚弱到如此地步，仔细一看还爬满一群来历不明的虫子，这渐渐干枯发白的大丽花，为何竟谁都不搭救它呢？

俺深深责怪那无情的男人。责怪他的懒惰、他的无知,却体贴地不去憎恨,而是爱着正要伸出援手的自己。总之,大丽花仅仅是出于俺的自我满足而被发现、被搭救了。

俺将位于阳台角落的大丽花的花盆搬到从房间里能看见的位置,设了几根支柱让枝茎伸直。过程仅用了四十秒钟。接着俺取出液肥安瓿,用牙齿咬开。里面的肥液流进嘴里一点点,于是俺呸了一下,活像西部片里的主角吐出嘴里嚼剩的烟丝那样。

照常用剪刀剪开的话,就没必要做出给身为人类的自己喂植物肥料这种傻事,但俺正陶醉于手法利落地照拂大丽花的自己。随后又喷洒了防虫剂。一阵风吹来,相当一部分喷剂洒在了俺的身上。不管怎样,对方是情况紧急的病人。不论发生什么事,俺都必须忍耐。

接着,俺捋掉了枯黄耷拉的叶子。捋顺了手,连健康的叶子也给扯掉了。既然事态紧迫,这点儿失误也是可以原谅的。

就这样,在仅仅三分钟左右的时间里,大丽花得到了全面的治疗,并得以置身于阳台上的最佳位置。

俺现在正观望着大丽花。既然位于可随时监视的位置,就不应让它再度耷拉了枝茎,受到来历不明的虫子的伤害。曾遭受那般苦难的大丽花,是俺拯救了它,且满怀着让它度过严冬的豪情壮志。

不过,如果那飘忽的状态依然保持不变的话,这家伙又会被当作"似有若无"的一盆花,度过那怀才不遇的一生吧。

昙花:徒长的怪物 [1997.11.23]

与月下美人[1]的相处也有很长时间了。和许许多多的男人一样,自打还不知它是仙人掌的同类的时候起,俺就对它抱有甘甜的幻想。

要说此外能撩拨男人心的花名,那就是虞美人草。如此写来,俺其实不过是对"美人"这部分产生反应。简直就是彻底的诗意全无。

至少,哪怕有一点趣致,对女郎花、犬之阴囊之类,抑或雪之下[2]这类名字感到一丝吸引力也好啊。

然而,有关这些方面,俺没有趣致,对这类微妙的趣味毫不讲究,心情只会朝向虞美人草、月下美人这样主张非常明确的花名。毕竟,大家都说它是美人,那就应该达到了一定标准。看看也不会有损失吧。

怀着这般想法的俺一早将月下美人请到家中,也可说是理

---

[1] 昙花的日本名。

[2] 女郎花、犬之阴囊和雪之下,中文名分别是败酱、婆婆纳和虎耳草。

所当然的事。所以俺在某一天走进相熟的花店，问道："有昙花吗？"之前时常在这花店里看见昙花，心中早已决定什么时候要买一盆。

然而一直苦于没地方摆放。那家伙个头不高的话便显得不像样。总不会有身高仅三十厘米的美人吧。

这次找到了适宜的地方。把窗畔的咖啡树如此这般腾挪一番，于是在高度及腰的橱柜上生出一块直径约二十厘米的空当。

这般机智正是都会园艺家施展本领的结果。如何拓展能提供给植物的空间？这已堪称阳台人的至上命题。

总之，俺匆匆来到花店，探问是否有昙花。于是花店老板从店铺旁边的杂物间里把昙花搬了出来。是一盆已经过了季、卖剩下的昙花，叶子上到处长出了柔弱细长的新芽……

究竟这还称得上是美人吗？一时间，俺迷茫了。因为对方满面尘土，还带着些泥巴。从前多有摘下眼镜便是美人的女主角，但这回却不尽然。从裙带菜一般修长的手脚表面点点冒出的，是疑似因根系满盆而引起的虫子般密密麻麻的突起。傲然生长的新叶过于细长，活像虚弱的变色龙的舌头。

一个怪物。正可谓因美人迟暮而生成的怪物本人。

但是，俺依然梦想着她开花的一天。在夜晚的幽暗之中，颈项微垂，绽开硕大的白色花瓣，又在清晨入睡的美人。薄薄的叶子迅速生长，直逼天空的美丽植物。俺完全沉浸在这梦想中，不由自主地抱着这盆贱卖的昙花走出了花店。

可是，来到俺家的怪物只管一个劲儿地长它那裙带菜似的叶子，根本不开花。这期间，它那怪物式外貌的丑陋程度逐渐递增。新芽嗖嗖地长，就那样长成了细长的叶子。若只是生长还好，它们还不负责任地耷拉着。长的叶子将近一米。有耷拉着的，有朝着莫名其妙的方向挺进的。渐渐觉得它就像一头在实验中被照射了不明射线的动物一般。

俺终于将这家伙从窗畔搬开了。虽为怪物，它却具有不耐热的属性。书房成了它的新居所。那房间照不到强烈的阳光，一整天都是昏暗的。通风不好也是个问题，不由得担心会把怪物给捂坏了。一旦腐坏的话，那恐怖程度将超越怪物。

幸好，月下怪物并没有腐坏。不，准确地说，虽然遍体发黑，但俺的判断是，作为怪物来看的话，这应该也没什么大不了的。因这般小事，怪物应该也不会倒下。

但是，耷拉的叶子明显增加了。浑身冒出的细长叶子向着四面八方低垂着。看来怪物正垂头丧气。感觉它像是被单独放进昏暗的实验室，都没精力闹腾了。尽管如此，也没法将它搬回原来的位置。因为那里已经有新的盆花坐镇。

就这样，怪物如今依然静静潜伏在俺的书房。说实话，俺最近无意主动前往书房。有点嫌麻烦，且感觉气氛非常阴暗。也就是说那里已经不是什么书房，是正在悄悄变身的妖怪的洞穴，一间奇异的怪兽之屋。

  月亮出来的夜晚尤其恐怖。总觉得，一个有着无数手脚的怪物会突然间蠢蠢蠕动。

1997年
12月

(December)

朱顶红：圣诞节的新恋人 [1997.12.25]

就在一年前的这时候，俺向朱顶红表白了强烈的爱恋。

既然如此，就要负起责任。俺这么想着，一直对开完花的这盆朱顶红给予无微不至的照管。浇水注意着不要让根糟烂，期望着她的健康，让她置身于灿烂到刺眼的日光之下。

有三个分株的朱顶红各自毫不客气地长出肥厚的叶子，长度已经接近佩剑。夏季，在成长过程中，一个分株倒下了。眼看她枯黄了叶子，那感觉就像往日科幻电影里死去的外星人逐渐消失那样，枯黄的叶子缩卷起来，不久便无影无踪了。

不过，俺并没有为之神伤。其他两株发出的叶子充满了前所未有的活力，在阳光下闪亮着。既然在同一花盆里，就是同一棵朱顶红。对有着如此观点的俺而言，一个分株消失，就像是从女人的肌肤上除去硬化的角质那样，不过是小事一桩。

角质的话只管多多去除就好。然后，朱顶红啊，更加美丽地开花吧！

俺甚至在心中这样呼喊。

可是，俺大意了。由于过于着迷那因太过健康而猛长叶子的朱顶红，今年俺没做任何促进开花的准备。

不，肥料是给过的。毕竟，对方是让俺觉得可以与之结婚的朱顶红。怎么可以在肥料上省钱呢。所以，俺查看着叶子的状况，在认为适宜的时候给她放上肥料。怎么说呢，就好像在门口悄悄搁下礼物一般，俺试图博得朱顶红的欢心。或者说，在感到她渴求爱意的瞬间，俺便犹如给她饮酒一般，用安瓿为她补给肥料，虽不知其耳朵在哪儿，却一直对她倾诉着甜蜜的话语。

但是，这大概就是所谓的直男之心吧。俺只顾着娇惯她，却没有让她经受世间风雨的考验。也就是说，没能将球根挖起使其暂时停止生长，以此引导她对自己的人生做出深思。

这导致朱顶红只会向天空伸长手脚，变成了一个高头大马的女人。她忘记了在人前该如何举手投足，只知沉迷饮食，每天从早睡到晚，不觉间忘记了将自身内部拥有的生命力转换为美的魔法。

噢！这究竟是怎么了！自称是阳台界的罗杰·瓦迪姆[1]，曾养成无数美女，让她们在银幕（此处指挂在凸窗上的幕布式窗帘）上竞相开放的俺，竟然令最钟爱的朱顶红变成了一个平庸的乡下女人……

俺为自己的疏忽流下了泪水。连日站在阳台，望着实在是只有身强体壮这一个优点的朱顶红小姐，不禁连连叹息。是俺从你身上夺走了美。来年一定，来年一定要教你懂得世事艰辛，

---

[1] 法国电影导演（1928—2000），尤其善于让美丽的女演员在作品中大放异彩。

务必让你卷土重来。俺沉浸在悔恨之中，几乎把嘴唇都咬破了。

如此度过了十二月的俺，另一方面却瞄上了摆在花店的朱顶红。不，可不能买。这可是别的女人……这样一边以最大程度的自制心去面对，一边被"没有朱顶红就过不了冬"这个露骨的欲望驱使着。

于是，三天前，俺出手了。选了一棵仅有一个分株的，大概在某种程度上依然还是有负罪感吧。

困惑的是，新朱顶红从当天晚上起就开始了女演员活动。朝向天空的两个花蕾首先左右分开，开始各自显出颜色，那中间后续的花蕾也初露端倪。次日清晨，显出颜色的花蕾已含苞待放。那形状恰似喷水的鲸鱼，花蕾摆好了姿态。仿佛此刻，她的美已成定局。

而乡下姑娘还在阳台上。受到俺的庇护，但也因此长成了肌肉发达的身姿，并且她还没注意到已经开始在房间里生活的新来女人的活动。太可怜了，实在太可怜了。

俺刚才一边这么想着，一边给乡下姑娘浇了水。俺竟然拿着喷壶挡在乡下姑娘面前，站在不让她看到室内的角度。装出与平时并无二致的表情的俺，是个不忠的男人。

朱顶红将三角关系带进了俺的阳台植物生活。

翡翠木：小小的死者复活祭 [special 2]

这回想写的是，关于名为"复活之盆"的小小容器的故事。

直径十厘米，高五厘米大小的陶制花盆。那小而又小的世界，却给了俺无比的喜悦。

在这里，现在有两种植物正舒展着根系。一是翡翠木[1]顶部的四瓣叶。一共三蔟。它们一边保持着总也不长个儿的形态，一边渐渐长肥了叶子。

原先这几个家伙是落在排水沟里的。花盆放得到处都是，干枯的叶子便堆积在水沟里。来历不明的尘土与那些落叶混杂交缠，变成些浅棕色的土块。俺是独身，虽然绝非懒散的人，但难免也会忽视这类垃圾。

然而某一天，俺打算把水沟完美地清扫一番。拿了塑料袋来到阳台，抓起土块时，这几个家伙就悄悄地潜伏在里面。从大棵的翡翠木上落下的叶子，竟然靠着吮吸不时飘落的雨水活了下来。小小的叶子虽小，却守护着自身，连生根之地都找不到，只好混在垃圾的结块里过日子。

俺慌忙选择了那个花盆，让这几个家伙接触到土壤。虽说

---

[1] 日文名为金成木，旧时人们用有孔的硬币套在其新芽上，任叶子长大也不取下。有生财之意。

本就是不怎么需要水分的翡翠木，俺依然每天将手指插进土里，稍有点干燥，便浇一点点水任其渗入。

就这样，在垃圾深处躲过了危机的小小的四瓣叶们，在新家开始了安稳又缓慢的成长。

青色的小花盆里，使用的就是惯常的"死者之土"。这正是本篇的重点。居然，从已放了半年的这个小花盆的土里，前几天，冒出了一个紫红色的仙人掌的脑袋。这让俺大吃一惊。实际上，俺从前去秘鲁还是西班牙的时候，曾买回仙人掌的种子。那感觉有点像小鸡雏毛绒绒的样子。

当时，俺将那个种子似的东西埋进了用于多肉植物的土里，期待它们发芽。然而，仙人掌这小子完全没有现身的意思。试着浇了水，或者控制浇水，也就是以一种敌进我退、敌退我追的战术，俺与仙人掌的种子一直格斗着。然后终于放弃。记得战斗耗时数月之久。漫长的战斗之后，仙人掌的守城战术获得成功，俺没能经得住持久战，只好决定全面投降。

怀抱着仙人掌种子的土，依照惯例被混入了"死者之土"。并且，经年累月之后被装入了小花盆中。但是，从不吭声、已被提交了死亡证明书的种子，令人震惊地作为翡翠木的邻居，在出乎意料的时候突兀地伸出了脑袋。

恰如被抛弃、被疏离的同伴互相鼓励着成长一般，翡翠木和仙人掌同在一个小小的花盆里。为了显示植物那不可思议的生命力，作为所谓的生命样本，它们被安置于青色的陶制花盆——"复活之盆"中。

身为放弃了它们、将其扔在一边的人，俺稍有些心痛。更重要的是，俺从它们不屈不挠的精神中获得勇气，今天也弓着腰，继续确认其悠长的成长。

野梅：病愈的回忆 [1997.12.31]

俺得了重感冒。因四十度的持续高烧，在床上度过了年末。

好不容易退了烧，头昏昏沉沉，脚下极其不稳。虽然脚底不稳，却依然在意阳台上的情况，这就是阳台人的本性。

难能可贵的是，刚买的盆栽野梅正在好好工作。高约20厘米的梅树呈现出近乎盆景的形态。它扭曲的身体上到处长出了白色花蕾，其中约有三朵已开始绽放。

花朵尚未全开，略显谦恭地朝向内侧。梅是内省的花。一朵朵仿佛各自在思考着什么。那自我审视的花朵在寒风凛冽中绽放的身姿实在美好。

俺注意着不让初愈的身体着凉，穿上拖鞋来到阳台，脑袋凑近刚刚绽放的梅花。由于感冒，鼻子不灵，但花瓣的柔软令俺陶醉。

1997年12月

　　小时候每年都去母亲的故乡。庭院里有棵弯曲的梅树，高约四米。树上结梅子时，母亲和亲戚们都兴奋不已。俺当时虽然年幼，却也留下采摘梅子的回忆。在信州[1]，那梅子是腌来吃的，但又与梅干不同，是在生脆的状态下腌制的。称之为"梅渍"。

　　俺在记事之前，是个不爱吃的孩子。要说喜欢吃的东西，就只有那梅渍。这是姨父和姨母忆旧时的主要话题，所以当俺去到母亲的故乡，他们总是拿梅渍招待俺。硕大的梅渍用紫苏染成红色。牙咬上去，伴着生脆的声响，流出酸酸的汁液。然后咔哧咔哧地嚼果肉。单这个便让人食欲大涨。

　　今年久违地去了一趟母亲的故乡。自离婚后便一直回避着，但这次因对方的叔父在山里去世，去出席丧事。母亲有两个姐姐，表姐妹也多。幼时的俺总是身处女人的群体之中，被大家轮番照料着长大。每逢去到母亲的故乡，便觉得把谁当作自己的母亲都不奇怪。到外面去捉蝉，姨母就在树荫下。坐在缘廊大吃冰激凌，也有个表姐端坐在那里看着俺。不论去到哪里，俺都被守护在谁的视线之中。那是如今想来依然甘甜的回忆。

　　大概是由于身体虚弱的缘故吧。俺就这样无意识地想要追溯自己曾被安全庇护的身体记忆。想要将安心感当作一种幻想找回来，告诉自己可以安然放松。是那微小的梅花让俺如此怀

---

[1] 长野县的别称。

旧，令人震惊。仅仅三朵内省的白色花朵，就引导了俺。

植物终于代替姨母们，即将开始照顾俺。在发烧留下的疼痛尚未消退的头脑深处，俺这样想着，把如今已完全佝偻了背脊的姨母们的身姿与梅花重合在一起，一边尽量安静地关上窗。

1998年
1月

(January)

一月的阳台：西向的苦肉计 [1998.1.21]

关于搬家，之前已这样那样地写过。为了阳台上的植物们，俺已不指望宜居的公寓，自那以后一直在日夜搜寻着新的住所。

自去年秋天开始，这成了一个迫切的问题。从楼上房东的家里，不断传来剧烈的噪声。首先是孩子来回噔噔地奔跑。有时是朝着空中跳起，弄出咚咚的闷响。椅子必定是拖来拖去。还不仅限于孩子，夜里也必须忍耐那讨厌的吱嘎声。最要命的是巨大的弹力球之类的东西有规则地在地板上敲打的行为。

可是对方是房东。总觉得不好抱怨，烦恼着该如何是好的过程中，噪音越发变本加厉。那孩子不知为何总窝在家里，因为不到外面玩耍，在家更是全速全力地跑动。最后甚至连房间都摇晃起来。尽管也想将原因归结为木地板这东西，但终于还是忍无可忍了。什么高级公寓，去你妈的！俺怒不可遏，每天都做好了什么时候去大骂一顿的准备。

然而，俺的性格做不到这一点。只能消极地考虑或许可以写封礼貌的信，或是戴着耳塞睡觉之类（小孩总是起得很早。而且一大早就要疯跑一番）。俺只好每天郁闷地过日子。

想赶快搬家。觉得不能再对租住的房子提出些不切实际的要求了。只要在浅草哪儿都行，尽快搬走吧。俺这样想着，就在下定决心的第二天，因压力导致了精神崩溃。坐在电车里突然冒汗并心跳加速，头晕且恶心。在家时也出现了同样的状况，像是得了惊惧症。

然而，所谓绝处逢生即是如此。没想到就在那一天，中意的住所出现了。能望见浅草寺，望见游乐园，还能看见隅田川河堤的房间。俺如同抓住了救命稻草，迫不及待地签了合同。并做好了能立刻搬家的准备。

俺就这样离开狗屁的世田谷，回到了天国般灿烂闪耀的平民区。然而，松了一口气之后，才发觉植物们很是令人担忧。首先，阳台是朝西的。并且比之前稍许狭窄。虽说俺总算不用因神经问题而病倒，但今后必须比从前更加用心照管它们才行。

幸亏三面都有窗子，光照和通风很充足，浴室和厨房也有小小的凸窗。俺一边看着平面图，一边想着那个放这里，这个挂那里，埋头于植物的大规模搬迁计划。

话虽如此……到头来可能还是要处理掉相当多的花盆，俺很是为难。与其说是摆放空间的问题，不如说是替搬家公司着想。比如只长出一根蔫巴巴的杂草的罗勒，种了些大蒜、小葱之类毫无价值的植物却大得过分的花盆，或是萧索地等待着干枯的莲藕复活的泥块。想象郑重其事地搬运这些东西的青年们，俺不禁心痛起来。

还是别撒谎了吧。

总之，俺无意识中是想利用这次机会，来整理那些没能丢弃的花盆。葬送那不再开花的蝴蝶兰；把那捡回来时还好，现在却完全只剩下叶子的文心兰再度扔弃在垃圾堆放处；向如今与枯木毫无区别的飘香藤道别；把那从无数花盆中收集而来，混杂了肥料的大量"死者之土"装进垃圾袋，筹划着开始一段全新的阳台植物生活。

在即将搬去的住所附近，有一处位于建筑的东南角，拥有两个阳台的房子。俺曾因仅仅一日之差错过了那里。如果有时间，俺也许会为了全新的阳台人植物生活继续寻找条件绝佳的住处。

但是，在目前的状况之下，可不能说这种慢条斯理的话。既然为了俺的精神稳定，无奈选择了稍稍狭窄的阳台，就必须请亲爱的盆花们忍耐一下了。被抛弃的各位啊，恳请你们原谅俺吧。要恨就恨楼上的房东吧。最好用枝蔓纠缠他们，用叶声夺走他们的安眠，用花粉堵住他们的鼻孔。

说归说，一旦到时候，恐怕还是会将它们全部带走。

那个男人：再见了，朋友！ [1998.1.31]

那天，俺趁着工作间隙，从干枯的莲的容器，也就是塑料咸菜桶里，将泥巴捞出来。那漆黑的泥巴里长出几种不曾见过的杂草，意外地沉重。本已枯死的莲竟纵横无尽地生了许多须根，顽强地抵抗着正要铲入的铲子。

一边切割根须一边捞出泥巴。想不到那强韧劲儿简直不得了，叼着烟一派轻松的俺，不觉间弄得两手漆黑。每次插进和翻起铲子，俺都使了超出预想的力气，累得喘不过气来。

两手上沾的泥很快干掉，又招来新的泥。而后，俺终于把香烟扔在了曾经生长着莲花的那片土壤上。因为已经无法用手，不能将烟头塞进脖子上挂着的便携式烟灰缸里，只好从嘴里直接吐掉。对于在没完没了的挖泥劳动中变得不耐烦的俺而言，这可以说是顺理成章的。

然而，顿时间，黑泥的情形就变了。不，应该是俺的意识变了。就算是咸菜桶里的泥巴，那也是承载了莲之神性的土地。土地丰饶，衍生出不知名的杂草，甚至威胁到俺。俺朝着那片土地扔下烟头，并急急忙忙地一次次用铲子边插边翻动泥土。

俺简直等于是在用推土机破坏着神域。而惨痛的是，神域因一个烟头丧失了神性。一瞬之间，那里变成了寻常的泥块，俺对神圣之地那快到令人哀叹的变化以及引发这种变化的状况本身感到焦躁，彻底变成一个凶暴的劳工，像要杀死什么似的挥舞着铲子。

泥巴不知装了多少个便利店的塑料袋。捞完泥巴的俺心中茫然，伸了个懒腰，脑海里不知为何浮现出那个男人的身影。在这个阳台上培育植物的日子里，俺多次看见那个男人的身影。那个住在远处高楼某一层，六十岁上下的男人。那个夏天身穿衬裤出现在自己的阳台，冬天裹着棉袍给盆花浇水的素不相识的男人。

俺们各自站在阳台，互相感觉到对方的存在。当一方意识到另一方的存在，双方便各自因羞涩而返回房间。有时深夜里看着阳台，那边的黑暗中，那个男人也在那里。那家伙也为夜里的花沉迷。

那个年纪大概长俺两轮的男人，是不曾交谈的同道中人。俺们身在狭窄的阳台上，关注着植物，每当触到什么小小的神秘，便在原地久久伫立。虽相互敬而远之，但俺们一直以来都在用背影交谈。哎，你那边如何？

破坏了莲之圣域，将所有泥土分装在白色塑料袋里之后，也不知为何，这位同道中人的身影浮现在俺脑海里。并且令人震惊的是，不，应该说正如俺预感的那样，那个男人正站在远处高楼的阳台上。他一如往常垂眼做出环视自己阳台的姿态，但他确实正看着俺。

再见了，朋友。

俺朝那年龄与俺父母不相上下的同道点了点头。那动作不过是像低头看落地的东西一般轻微，但他不可能误会俺的意思。只要看着装了磨砂玻璃的俺的阳台，就应该明白俺正蹲在那儿干什么。

看着一点点清理妥当的花盆，看见开始扔土的人，同道就会了解，那阳台上发生了什么事。阳台人即将离去，又将在某处的阳台上开始植物生活。俺们望着都会狭窄的天空，必定会将目光投向这里那里的阳台，把握在那里经营的阳台植物生活。如同鸟有鸟的世界，虫有虫的视野，俺们阳台人之间也存在着只属于俺们的空间。

所以，俺要将此文献给最经常观看过俺的阳台的同道。

侵犯了植物的圣域的俺，又将在某处造出一片新的场地。在同道并不知晓的阳台上，俺又将播撒种子。

再见了，朋友。

1998 年
2 月

(February)

绿萝：受苦的圣者 [1998.2.24]

把绿萝放在了卫生间。这次的阳台不但稍窄，而且不是从前那种磨砂玻璃的样式，所以必须想各种各样的办法。

当然，对于都会的植物主义者而言，想办法也是快乐之一。把那个这么放，让这个在那边稍挤一挤，倾注了几乎比摆放家具更高的热情。

虽说阳台条件严苛，而且没有凸窗，但阳光能从三个方向照进来，窗畔于是十分拥挤。也亏得窗帘短，俺首先在朝南的窗前密实地摆上花盆。虽然人会感觉到夜寒，但植物们从俺还在睡觉的时候就能开始接受太阳的恩惠。这机会怎能放过。

自去年就收起来的风信子球根和冬季番红花球根全都送回土里，此刻正占据面对太阳的最前线。俺一得意，又在小盆里撒上芝麻菜和紫苏种子，最后只好把它安置在球根们旁边。近旁的圆桌上摆着香蕉和咖啡，以及三天前刚买回的西洋杜鹃。

因为还有其他朝南的窗子，俺配置了高度正好的家具，在那上面整齐地放上各种各样的植物。朝西的阳台上，残党们安营扎寨。为了不输给这略微恶劣的条件，它们正咬牙坚持。

然后是朝北的窗畔。这里驻扎的是薄荷之类拥有坚强意志的小分队。而浴室的小窗上则是毫无开花迹象的兰花一伙。那么，剩下的就是卫生间了。俺很是犹豫了一番，终于将这任务交给了绿萝。

这家伙长得非常壮实。在之前的住所，曾为处理它那过长的枝茎而烦恼，甚至让它沿着窗帘架往上爬过。即便如此，这家伙也不曾停止生长，甚至让人感受到它想要统治房间的野心。关于它那可怕的进军，已在别处写过。

从直径仅有十五厘米左右的花盆里，绿萝生发出数目多到异常的新枝，并且越伸越长，所以俺必须给予这家伙适当的空间。然而，这家伙花也不开一朵，只知道傻长，也真教人吃不消。俺可是不得已才住在都会的狭窄公寓里的。让一点乐趣也没带来的家伙把地盘都占了去，俺也是会嫌烦的。

于是去卫生间的事决定了。先得说清楚，这可不是歧视观叶植物。最重要的是这家伙擅长战胜恶劣环境，而且在那里的话，可以随便沿着墙往上爬，随心所欲地进军。毕竟俺曾帮它将枝茎搭上各种各样的东西，为它增加领地。倒不如说，绿萝等于是保住了自己独拥的王国。必要的话，把头伸进马桶擅自获取肥料也是可能的。如果水泼出来，当即将之吸收，倒也不错。皆大欢喜，皆大欢喜。俺就抱着这想法过着每天的日子。

然而，昨天发生了一件事。俺为了去做综合体检，不得不脸朝后反坐在马桶上。说得这么简短，您一定没听懂吧。总之，俺首先是出于检查大便的必要而不得不这么做的。而根据检便说明书的要求，使用西式马桶者，必须面朝平时屁股朝着的方向。好像是为了不让大便落入水中。被拟人化的可爱大便抱着马桶盖的示意图让人看着很来气，但俺还是无奈地遵从了这混蛋大便的指示。

但是，俺没能集中精神完成大便检查的工作。因为眼前垂下绿萝的叶子，俺头一次仔细地观察了一番叶子的背面。以前也曾看过那里，但似乎并未用心观察。

绿萝舒展的细手臂上形成点点的小根。那中规中矩的形状俺是知道的。不过，对于那些根的反面长出来的叶子的形态，俺却不知怎么疏忽掉了。从已经先长长的手臂的中间，叶子们长了出来。如同从已经长成的手臂上剥离一般，叶子为了沐浴太阳的光照，向上仰起了头。

问题是那叶柄的背面。剥离而形成的叶柄无法闭合。就算要闭合，那里还挡着手臂。正因手臂表皮剥落，才长出了另一条手臂，所以这是当然的。然而也是由于这个原因，在绿萝的叶柄背面，剥开的部分全都变成了枯黄色。

是伤口。绿萝在自己的手臂上生出新叶，每生出一枚就受伤一次，而且无法愈合。这让俺吃惊不已。胡乱地繁衍，发散出简直令人厌恶的生命力的绿萝，其实正进行着伤痕累累的战斗，这让俺做梦也没想到。

俺忘记了检查大便，光着下半身仰望绿萝。细细端详起来，这里那里到处是伤口。即便到处是伤口，它却并未露出不满，依然舒展着叶子。这究竟是一种怎样的人生啊。不，人生难道不就是这样的吗！俺光着屁股，向绿萝低下了头。头低得太过分，屁股上差点儿就蹭到已经拉出的大便。

不开花的绿萝，只是拥有坚韧的生命，忍受环境变化的绿萝。然而在这绿萝的叶子背后，正可谓圣痕遍布，生机勃勃的表情后面其实满是苦痛。

绝不再说绿萝的坏话了。俺几乎是含着眼泪下定了决心，用一个类似牙签形状的奇怪工具在自己排出的物体上戳了五下，默默走出了卫生间。

空气凤梨：意外的礼物 [1998.2.28]

那棵空气凤梨现在还在。

形状像个小小的喷泉，刺棱棱的植物。不知何时它分了叉，变得像一对双生子，轻巧地坐在细细的铁棍上，这是数年前获赠的礼物。

赠送者是个身高近一米八的大个子男人。这家伙过去曾做过俺的助理。他是从一个小阿飞改邪归正而来，打架很厉害，又因自年轻时就游手好闲，与其说是工作助理，倒不如说其实是当保镖用的。

当他说想另立门户时，感觉像在说想去新创一个黑社会帮派。作为曾经的阿飞，这家伙的优点是知道给上级面子，也擅长体贴人。所以常常得到年长者的青睐。终于他说想自己做主，干一番事业。俺开心地送走了他，他在艰难中开始经营会所之类，自然而然地，见面机会也减少了。

数年前的一个深夜，他突然打来了电话。因为之前得到的多是些工作不顺利呀付不起房租呀之类的消息，心想他恐怕是来借钱的吧。想来若非如此，怎么可能突然打来电话。

果真，这家伙问，现在去你那里玩儿可以吗？因为没有拒绝的理由，俺就在家里等着他。大约三十分钟后，车声传来，接着是用力关上车门的声音。不觉想象他那有些粗暴的动作，觉得好笑。这家伙摁响门铃，晃悠着魁梧的身体走进屋来。

然而，交谈却不得要领。一等再等，他都没有开口借钱，一直有意无意地拉着家常。没钱可以出借的俺心怀戒备，等他什么时候转入正题，但只有时间在怀旧中流走。

这时，别的熟人打来了电话。前阿飞立刻体贴地走开，慢慢往窗边走去。他望着圆桌上的花盆，时不时地摸一摸叶子。亏得如此，这边得以毫无顾虑地继续通话，甚至聊得热火朝天，几乎忘了还有先来的客人。

电话结束，这家伙像只猫似的静悄悄溜回原地，再度开始愉快的聊天。直到凌晨，终究还是没提钱的事。随后他点头说了声"抱歉打扰了"，便回去了。

俺这边心里满是疑团，像中了邪一般。一个久未联络的男人突然出现，愉快地聊了约两个小时后走了。怀着疑虑，俺走到他刚才望着的圆桌前。受到瞩目的盆花是俺的骄傲，所以很在意他究竟是在看哪一盆。

那里有个从未见过的东西。俺惊得当即后退一步，明白那是空气凤梨后，不禁感到奇怪。从未买过的植物为什么会落在那儿呢？俺糊涂了，一时呆立在原地。就像虫子从哪里的叶子上掉下来那样，空气凤梨突兀而随意地存在着。其顶端惹人怜爱地开着紫色花朵。

几秒钟后，俺恍然大悟，胸中涌起绵绵的感动。因为想起了这天是俺的生日。

空气凤梨是来自前阿飞的礼物。这家伙一定是想到要送俺点儿什么礼物，却苦于没钱，于是把家里种着的植物拿了来。一开始在电话里说起缺钱，其实是他的借口，他并非为借钱而来。

这家伙已经开着车去了不知哪里。俺打开窗帘，朝着他离去的大致方向低头行礼。

一棵很小的空气凤梨。

成长在沙漠，依靠从空气中获得水分来延续生命的干瘪植物。

并且，于俺而言是非常珍贵的一棵。

日日草：一切为了春天 [special 3]

一到冬天，阳台上总是很冷清。

虽说这两三年花店也有了改变，在寒冷的季节开始摆放一些多姿多彩的盆花，即便如此，若是奋起买它一堆回来，狭窄的阳台就成了过冬模式。

冬天开放的花大多是专用于冬天的。响应着寒冷，洋洋得意地展示自身的美，这种类型的植物，在其他季节便陷入沉默。如果一时冲动在冬季添置许多，后面的季节就会落得一片冷寂。

若有宽大庭院的话另当别论，但在下是都会的中产阶级。在有限的面积中如何享受花草之乐，是关乎尊严的事。所以，很多时候都是在花店前垂涎忍耐。

况且，将开完花的花盆一个个扔掉，俺可做不到。即便对方是一年生草本，也要施了肥等它明年开花。当然，第二年花的数量会减少。色彩也不再艳丽，显得病恹恹的。然而如果因此就把还活着的植物扔进垃圾箱，怎么可以容许这样的事呢？

最后日日草活了三年。第一年接二连三地繁花似锦，简直到了过剩的地步。花期也很长。然而第二年非常艰难。花显然变小，养分几乎全被徒长的叶子吸收了。

然后是第三年。俺自欺欺人地故意少浇水。采取了扔不掉就让其等死的恐怖策略。俺就是阳台上的家康本人。凡是优柔寡断的惜花人，应该不会责怪俺的这般行径吧。不论是谁，应该都做过一回这种恶魔般的坏事。

然而日日草十分坚强。被断绝了粮草也不屈服，它开出不合季节的花朵，无论怎样也要继续存活。这一来，那黯淡的花色和无力的长势也变得可憎起来。花店里满是俺想要的盆花。只要日日草投降，那位置就可以摆上新的花盆。

不知是不是有所察觉，日日草忽然伸长了细细的脖颈，开出色彩清淡的花来。真可恨，但又扔不掉。忍不住浇了水，然后又后悔。偶尔试过专为了烂根而多多浇水。日日草一时欢喜，吸收了过量的水之后，它似乎觉察到了俺的战略。双方对峙着，结果是日日草胜出。这家伙没有烂根，又开始嗖嗖地成长。

就这样，家康和日日草的心理战长期持续。今年终于决出了胜负：它枯死了。俺怀着复杂的心情，将枯萎的日日草放进了垃圾袋。

即使没有日日草这般坚韧，冬天的阳台总会产生若干不知该扔还是不该扔的盆花。一时没有任何反应，浇了水也是立刻干掉，不见成效。这在今年俺的阳台上，就是馥郁滇丁香和芍药。

比如馥郁滇丁香，总是在一年中长期保持沉默。刚买来的时候，它开着可爱的淡粉色花朵，花如其名，散发着芳香。但开完花长出叶子，展示过水灵灵的姿容后，便成为一个谜。长了虫枯死的叶子在那以后便悄无声息，再没有要发芽的意思。

以为它已枯死，某次剪开枝条一看，从中飘出一股酸酸的气味。切口还是绿的，才知它依然活着。这下俺乱了阵脚。把好好的枝子给剪了，这简直是罪大恶极的坏蛋才干得出来的勾当，强烈的犯罪感折磨着俺。为表示歉意，俺拼了命地照顾它。然而，滇丁香在枯黄的枝条被固定好后的几个月里，一如既往地不抱怨也不言谢。就像个闹别扭的内省型女人，真教人来气。不禁想大吼：你给俺答应一声啊！只要它说点什么，这边的心情也能开朗起来。就算是"混蛋"这样的骂人话也行。通过这类话语也能产生某种交流，并相互揣度对方的想法，不是吗？沉默依然。这倔强的女人。又过去几个月，终于冬天来了。俺想再剪一次枝条试试看。觉得这种程度的胡乱治疗为了双方的关系也是必要的。然后，有了结果。不知是在什么时候，馥郁滇丁香死了。

真是的，既然如此为什么不说一声呢？俺总觉得不合道理，于是扔掉了已经彻底干枯的馥郁滇丁香。在完全相同的状态下，之前它还是活着的。然而这次，它死了。

植物这东西的难以捉摸让俺感到懊丧。也无法判断到底它们都是在什么时候死的。是从什么时候起，俺的照顾成了无用功呢？又是从哪一瞬间开始，俺持续关注着的是死去的植物呢？简直莫名其妙。关于这部分的死亡诊断，不论哪本书上都没写。犹如人类的脑死问题，植物的死同样也是复杂而艰深的。

扔掉馥郁滇丁香那天，俺把同样长期以来毫无反应的芍药挖了出来。整株买来的芍药一度顺利地长出了枝条，但是，从某一天起又枯萎了。它无视扶着别的枝茎的俺，自那以后，再没有一句怨言。

反正这棵也完了。在这样想着的俺的眼前，出现了五个白色小分株。它们附在形似胡须的细根侧面，生机勃勃地指向未来。这真教人高兴。俺迅速往盆土里混合了肥料，再次将植株埋进土里。

冬天的阳台就这样，有的花也不告知一声就断了气，有的花怀抱着下一代的生命活动着。还有的花在等待着灭亡的同时生生不息地繁殖。但是，这一切都是在眼睛看不见的土里发生的，俺除了尽量揣测对方的状况之外别无他法。

在狭窄的空间里被植物弄得团团转，同时又是愉快的，阳台人的冬天就这样过去。

然后，春天来了。

1998年
3月

(March)

槭树：长期寄养物 [1998.3.22]

关于获赠的植物，上个月已写过。就是那些不知不觉间加入了俺的阳台人植物生活的植物。

那次大约两周后，俺的阳台，不，准确地说是窗畔的特等席，放上了新的礼物。那是一盆不到五厘米高的槭。

事情的起因是某企业的一场活动。受到邀请，俺去了静冈县，去参观该企业的职员们热心搭建的各种展台。如同校园文化节一般无拘无束而又洋溢着热情的各具特色的展台。一边一一仔细观看，一边禁不住有所留意。某处展台堆了个小小的土包，上面种了几棵幼小的槭作为点缀。

槭就像林中树下刚刚发出的植被一般，细如丝线的枝茎上长着四片叶子。靠近根部的两片是柔弱的纺锤形，还保持着刚刚破壳而出时的模样。这就是槭最初的叶子啊！俺立时像个学究似的感动了。在那毫不出奇的双子叶上方，是那令人惊叹的小小的槭叶。叶子虽然微小，却已分裂成锯齿状，与我们平时所见的槭叶并无二致。

人们说婴儿的手很像槭叶，在这里却是槭的叶子像婴儿。可谓造化之神秘。倒不如说，同一形状奇妙的大大小小，让人类感觉到神秘。俺身不由己地在这些槭跟前坐下来，殷切地望着它们。

周围的人问道，怎么回事？可不是吗，应邀而来的外部人士突然蹲在那里，总也不见他站起身来，教人担心也不奇怪。俺当即开口问，能不能将椷给俺？周围的人都吃了一惊并沉默了。目光执着地讨要椷的人，他们大概是头回遇见吧。俺又重说了一遍。只给一棵也可以。如果不行，俺就断了这念头。

不知是谁拉住俺的手臂，想让俺站起身来。也许他以为这人已失去理智。俺被那人拉着，视线却依然盯着椷，就那样被拉出了展台。绑架者在俺耳边说，我这就去问负责的人。不要紧的，肯定不要紧。估计那人所说的不要紧，一定把俺脑子的问题也包括在内了。但俺却没能觉察，只为有可能得到椷而欣喜不已。

几分钟后，满面笑容的大叔走了过来，说是找到了负责的人。那人紧跟在他身后，是个高大的青年。他手里拿着个黑色塑料花盆，目光低垂。塑料花盆里种着两棵椷。俺不假思索地道了谢，同时注意到青年那哀怨的神情。

据大叔说，椷其实是那个青年的私有物。为了这场活动，他将自己培育的椷拿了来。因为是职员们自发举行的活动，他才做出将宝贝出借的决定。青年在俺面前坐下，郑重其事地递过椷，头依然低垂着。俺立刻觉察到他的心情。

哎呀，怎么能收下这么珍贵的东西呢……俺一边嘟哝，一边却两眼发光，视线锁定椷的叶子。青年终于抬起头说，这是费了很大力气培育的，好不容易才长成这样。他似乎刚说完便注意到俺贪婪的视线，于是，俺抬高了声调。对不起，不知道是这样的……那一定得你来照顾它才行啊。

然而青年已经死了心。他问俺，你会好好照顾它吗？俺几乎是高声地回答，那当然了。最好是半阴的环境对吧？毕竟是森林里的植物，直射阳光不行吧？俺为了让青年放心，连珠炮似的向他提出一堆问题。然而他歪着头答道，怎么说呢……俺顿时回过神来，脸红了。他并非是以这种故作聪明的态度将槭养育到五厘米的高度。他是一心一意养育的。在这样的他面前，罗列一堆半阴呀、通风呀之类的技术词汇的俺，已经跟自己一向藐视的冒牌园艺爱好者别无二致。如同那些沉溺于赤玉土三成加苦土石灰，再加上固体肥料两粒之类知识的发烧友一般。

面对这样的俺，青年再次问道，你会好好照顾它吗？俺没有再说废话，只管一个劲儿地点头，最后鹦鹉学舌般用原话回答他，一定好好照顾。

不论是在新干线上，还是在地铁里，俺都在一心一意地想着槭的事。会不会太潮湿，有没有吹到热风，会不会折断？不经意开口讨要的俺，寄养了别人的宝贝，将之搬到水土截然不同的地方。简直有不小心把寄养的鹦鹉养死一样的恐惧。俺必须拼命守护它们。

回到家，翻书查看了一番，但槭树的章节里并没有关于如此之小的苗木的记载。姑且避开直射阳光，放在了朝北的窗畔。那里已有异常茂盛的薄荷，所以俺觉得没准是个好位置。不论第二天还是第三天，俺有事没事都去看槭。还好它没有显出衰弱的样子。

可是，叶子开始发红。那是第三天的事。简直就像红叶那样，槭叶开始从带有透明感的绿色向斑点状的红色变化。不是现在，现在还不用变红叶。要变尽可以等到十年后再变不迟，俺一次又一次地对它们低语。俺能做的也只有低语了。然而槭并未听取建议，渐渐变成了红色。从枝茎顶端不断长出的微雕作品般的新叶看来也开始枯萎了。俺过着揪心不已的日子。难道俺将会把这寄养之物害死吗？

几天后，俺采取紧急措施将它移到朝南的窗畔。心想只能让它稍稍晒一点强光。并没有什么理由，只是觉得既然朝北不行的话就换个地方。搬动位置会给盆花带来负担，然而就那样放在朝北的窗畔的话，它一定会枯死。俺其实捏着一把冷汗。将小小的花盆放在晒得到太阳的地板上，俺四肢着地趴着，将鼻子凑在槭叶上，求它千万别死掉。一次又一次地这样做。叶子已经变成砖红，仿佛燃得正旺。俺以几乎是拜倒在地的姿势，不断地劝说着槭。请长根吧，没事的，一定会好好待你的。

并不觉得是心意相通了。然而，槭树苗靠着自己的力量活了下来。虽然叶子和枝茎都发了红，但两株小苗都没有让各自顶端的婴孩凋落，而且将数厘米长的身体舒展开了。俺这下又高兴得趴下身子，赞美这些小东西顽强的努力。根据经验，难关已经度过了。估计槭树苗已经展开胡须般的根系，一边适应着土质和日照的情况，为了成长开始了舒枝展叶。

稍稍矮小的那棵已经朝着天空正要诞生出第三个婴孩。还不到一毫米大小、小而柔弱的叶子正要蹦出来。即便是那看起来还没成形的叶子，只需再过短短几天，便会显示自己将作为什么样的树而活着，将会优美地舒展枝叶吧。

接下来不知还会遇到多少难关。不管怎样，这寄养之物的生命是长久的。而俺，一定会在一旁守望着槭的苦痛吧。

几乎没有什么能为它们做的。并且它们痛苦的原因很可能就是俺浇水的多少，以及换盆的失误。也就是说，从今往后也会悔恨多多，紧急时因错过时机而束手无策，不得不让它们一味忍耐，而后弄得除了祈祷别无他法。

然而，俺已经知道。

这就是爱植物。

而它们所回报的，就是一片崭新的叶子。

意即，身体也为之震颤的喜悦。

蒲包花：气球与金鱼 [1998.3.31]

给本月带来隆盛的不只是槭。蒲包花作为新面孔出现在窗畔，展现了可爱而奇妙的花朵，也荣获了俺的出生月三月的最佳盆花奖。

要说蒲包花有什么出奇之处，当然是那呈袋状的花形。而且并非兰花那种类似壶罐的形状，而是像被空气鼓起的袋子一般。有一种很像银色贝壳的气球，蒲包花正好就像那样，而且十分柔软。

俺买来的品种，花的内侧为黄色，表面仿佛被刷成了红色。其他也有呈单一红色的品种，俺却要推荐这个花色。带回家来，轻轻摸一摸那花朵，它便微微凹陷。要使其恢复形状，最好是从张开的小孔吹一口气，这一点也与气球十分相近。

仔细一看，正处处开出新的花朵。它们虽小，却已是一个个成形的气球。简直就像微观的泡沫一般。令人叹为观止的是，泡沫们保持着泡沫的形状一点点成长，毫不变形地膨胀变大。仿佛每日吸取着空气，模样实在可爱。

然而，花凋零时也因此分外伤感。它们急剧地凋谢，渐渐变黑，依然如气球破裂一般顿时缩小了，而且还会紧贴住一旁的花。每当想把它除去，反倒是开得好的一方几乎被撕裂，颇有些费事。

没枯萎就落下的花朵会暂时保持膨胀。被枝茎支撑着浮在空中时看起来很有气球的模样，一旦落下，便让人联想到金鱼。拿起一看，花与枝茎的连接点上有一个直径数毫米的完整小孔，那形状与鱼嘴非常相似。横躺着一动不动的身姿很是可怜，俺不禁拿来小玻璃杯，装满水，让它们漂游其间。轻飘飘浮在水上的花不时地随风摇动，颇有鱼儿的自在悠游之态。

渐渐地，蒲包花的大部分花朵变成了鱼儿。俺至今依然每天往残花中吹气，使其延续作为气球的一生。若是变成了金鱼，就立刻将其捡起放入水中。这是犹如将一生活过两次的花。

作为气球而活，第二次生命又作为金鱼度日。

蒲包花真是别有意趣的漂泊者。

1998年
4月

(April)

香草：一本正经的杂草 [1998.4.16]

很久以前从超市买来的薄荷和西洋菜的枝叶正泛滥成灾。薄荷超出自我限度，长成了大个子。它也确实觉察到过度的生长，叶子的颜色变得浅淡。西洋菜在不觉间长了满盆的根须，成了一团乱麻。

基本上俺是不会把盆栽的香草买回来的。以一向的方针，不是从种子开始培育，就是把超市的鲜切香草当作自家的盆栽来种。

然而，自今年春天起，有了一番不同的心境。理由之一是对从种子培育紫苏或小葱之类感到了些许的疲倦。还有一点是超市所售的种类非常有限。这期间世间上市了多种多样的香草。连附近走动的老大妈都在谈论琉璃苣或葛缕子什么的。俺一开始还以为是她们气息奄奄地从医院开来的药的名字。不过，香草也半是药材，所以倒也算不上误会。

单薄荷的种类就有一大堆，可以想见薄荷发烧友的存在。甚至还有看了名牌也弄不清名字的香草。这都只卖一百或两百日元。不论哪个家伙都一副刚发出来的模样，缺乏光彩，怎么看都是杂草。不，香草确实是杂草，但以售卖方式将其真实面貌暴露无遗，实在悲哀。而这种高级感的缺乏正合俺的脾性。

世间的乡巴佬把培育香草当成了欧陆趣味，简直荒谬至极。

它们是贪得无厌的杂草，是大胃王，放任自流便会长到自断前途。正因如此，俺们阳台人在香草身上看到了自己的影子，从而得出了不妨一起生活的判断。

那股韧劲儿最佳。从种子开始照顾需要稍许的直觉或经验，但已开始成长的植株只需给它换个盆，接下来适当浇水即可，即便以为它枯死了，也仍有很大可能复活。怎么说也是杂草。就像把荠菜放在家中或阳台上当宝贝似的养着那么不合道理的事，也是不可理喻的价值颠倒。换言之，那行为就像把不小心撞进屋里的麻雀饲养起来一般。

俺小时候也曾养过外来的麻雀。养是养了，但究竟是很快就养死了还是在那之前放走了，已经没有印象。虽然很想多聊点，可惜完全不记得了，所以还是回到香草上来。人们通常所说的收获的喜悦也算其魅力吧。俺们阳台人当然会因使花儿绽放而感到喜悦。然而现代人是贪婪的。首先，将香草绽放小花的身姿收藏在心中，进而还要收获叶子才罢休。大约可称之为"收两茬体质"吧。最后还要嚼一嚼根，咬一咬枝茎。弄得像闹饥荒似的。

这姿态显然符合香草属性，透露出与杂草深厚的欲望同样的贪婪，是一种若能派上用场就一定要物尽其用的穷脾气。何况还有植物精油之类，连气味也要嗅了才肯罢休。反正就是要从杂草身上夺取其存在的一切。

既然如此，为何俺不像以往那样断言"栽种香草要凭小农精神"呢？当俺种百里香，照顾牛至，在花店里间不容发地搭救蔫掉的细香葱，给德国洋甘菊喷雾的时候，脑海中浮现的正是自己的小农形象。对这些壮硕成长，浑身上下都可在生活中得到利用的香草的恩惠，俺佯装不知，同时平身低头将之领受。根本想不到欧洲优雅的园艺家之类。原本说来，在欧洲培育香草的人们，想必也跟俺是同样的心情。若非如此，他们也不会去培育那样的杂草。

不被容许拥有土地，过着被土地所有者折磨的生活，在这个意义上，俺与他们处于完全相同的立场。在同样的立场上，感谢着香草的强韧，还期望从中汲尽全部的喜悦。

需要申明的是，阳台人不单只是城市里的趣味爱好者，还连接着共有这片天空的全世界各位劳动者。千万不可忘记这一点。所以，对那些在泡沫盒子里种上植物，违章占据各地公用道路的老大妈们，俺将发出声援。那些不辨阶级、沉浸于伪园艺爱好者情怀的愚蠢的日本布尔乔亚们，与我们是敌对关系。

这就是阳台人思想。植物主义不容许幻想。通过植物们凝视社会现实，始终鲜明地保持自身的立场。

所以，香草也是俺们的象征。

野梅：擦边的盆景 [1998.4.21]

将野梅的花盆移到了起居室的窗畔。

从今天起将有几个星期没有休息日，短期内没有机会照顾植物。难得的是，春季使植物们生机勃勃，充满了让人打理的动力。

明明因疲劳郁积，连走路都嫌麻烦，俺却没完没了地操着铲子和剪刀，将俺家的阵营重新整治了一番。藤萝终于冒芽，木槿也喷出嫩叶，因搬家而元气大伤然后被放任不管的四季报春也像是高兴起来，正盛开着花朵。

把那个拿到阳台，把这个收进屋内，然后调整它们的位置……简直像一名棒球教练，俺不断地发号施令。然后，投手的位置空了。在起居室的沙发旁边有个架子，装了小小的模型，放着养了青鳉的金鱼缸，以及银座烧残的砖块等无关紧要却又不舍得扔弃的物什，在那架子上，空出了一个花盆的位置。

这地方是为俺的短时休息做出最佳贡献的空间，也就是说，这里必定要摆上一个"感觉很好"的花盆。并且，为了不妨碍从窗口眺望天空，首选低矮的、样子好看但又不过于张扬的花盆。之前承担该项重任的是洋杜鹃、蒲包花、香蜂草这些外籍选手们。

但是，在将这些选手外派到阳台，或降级为替补成员的过程中，席位空了出来。不管换上哪个都感觉不对头。总不能把已经降到左外野的选手再请回投手的位置。那就成了高中棒球。这是俺的职业精神所不容许的。

如此这般犹豫不决间，注意到了野梅。花已彻底开完，正以缓慢的速度生长叶子的守场老将。姑且一试，将它转为投手。这可真是恰当极了。这野梅种在直径约十五厘米的矮盆中，还有青苔覆盖着表土，颇有一番风致。在夏天之前就把投手位置交给他吧。俺心满意足地坐在了沙发上。

盆栽梅花与庭植的不同，开花后必须进行彻底的剪枝。相对于严禁轻易修剪的庭植梅花，盆景梅花必须进行严格管理。然而俺错过了时机。目光被花朵占据，花落之后，依然在虚幻中为那洁白可人的身姿沉醉不已。于是，所有的枝条渐渐伸长，上面长出了叶子。

将它当作投手仔细端详，感觉树形不太理想。也想奋起修剪一番，但俺终于还是打消了念头。此时若是对不规整的形状加以修整，这家伙就成了光头。将变成光头的梅树放在投手位置每天观望的话，必将招来可怕的结果。原因在于，那将不是阳台植物生活，而是盆景。

时至今日，俺所从事的始终是阳台人的工作。但是，此时若是拿出了剪刀，后果将意味着俺踏入了盆景的世界。虽然不好表述，但这显然是改变自己生存的世界的行为。不经意的修剪将从俺身上剥夺阳台人的称号,授予俺的将是盆景初学者的名头。

在俺心里,阳台植物生活与盆景爱好的不同很难界定。因为太难,所以引入经济原理,规定为每月平均花费不超过两千日元就是阳台植物式的。虽说就像用零花钱还是用工资的规定甚是含混,若不制定个什么规则,俺在不知不觉间难保不会变成一个盆景爱好者。其实,俺决不是讨厌盆景。倒不如说正因为是很可能会喜欢上的脾性,所以才拼了命地想要回避。

如果俺开始玩盆景,那就不能再任由草木随便生长了。也不能在任意的时间施以分量随意的肥料,旅行也一概无法实行。几乎所有盆花都得舍弃,然后全部改为松或梅,成日出入盆景品鉴会等场合,并为之欢喜或忧虑。

所以说,俺今天可真是差点儿上了贼船。可谓一步之差,可谓一瞬之间,俺差点就改变了生活,改变了世界。

结果是,野梅并未受到修剪,保持着自然之子的状态,毫不知情地立在那里。虽然看似面朝室外,那背影却明明在诱惑着俺。

竟然给一个难缠的家伙委以了重任。

1998年
5月

(May)

碗莲：小小的棘手之物 [1998.5.29]

是在园艺邮购杂志上发现的碗莲。

总之名字很好。碗莲。

即使是在书页上，它在一个不知什么材质的容器里开着的花依然很醒目。

俺对这类微型的东西毫无抵抗力。属于对袋装爆米花附送的小人偶激动不已的类型。对"同样形状的微缩"现象，会有种不可思议的兴奋。

袖珍词典呀根付[1]呀微型文具之类，每每看到这类东西，会有种神秘的感慨。这一兴趣埋得很深，只能认为是填装在遗传因子里的习性。即便是平常的植物，幼苗已独立成形，长出了叶子，我便一直看却总也看不够。跟看婴儿的手感到的兴奋是一样的。

以前俺曾因养死了一大棵莲花而悲痛不已，所以订购了五棵碗莲，因为预想到培育将十分困难。

等了大约三个月才终于寄到的莲花大得令人意外。根黑乎乎的，让人想到中药材之类。长的约有二十厘米。在这阶段，碗已经放不下了。俺的微型嗜好显然无法得到满足。

---

[1] 从前的日本人携带零碎物件的小盒称作"印笼"，其吊饰称作"根付"。

俺订购了碗莲的事已经在附近的阳台人之间传开了。大家都是一副很想要的样子，所以俺留下两个，其余的都分了出去。当然是依长短顺序。即便如此，手边余下的根茎依然有十五厘米长。真不知如何是好，纠结到最后，俺从杂货店买来一个直径二十厘米的水钵。是个画着西班牙式花纹的可爱的水钵。其实俺是想借可爱的样式来隐藏失望之情。

装满水，把根茎放了进去。采用同样的方法栽培是有危险的，所以另一条根茎就按普通盆栽的做法埋进土里。简直不知道要种在何处如何处理，才能将它养到开花。姑且只能把所有手段都尝试一遍。

幸好两边的根都很快长出了叶子。一看水钵里这棵，还发出了须根。这家伙像是十分快意和满足。纵然是十分快意，不久根须周围就变白了，看样子长了霉。证据是水很臭。俺慌忙换了水。换水后还是臭。根须周围缠绕着白雾似的东西，摸着黏答答的。

种在土里的那棵应当也正受到同样的困扰，因为也很臭。不过话虽如此，俺依然没有勇气减少浇水。对方是莲。不晓得若是枯了水可怎么办。

不久，蓬勃生出的圆叶枯黄了。跟以前的莲花同样。一旦枯黄的叶子不可能再回复原状。俺心急如焚，剪掉枯黄的叶子，寄望于接下来的生命。然而，生出的叶子全都立刻又枯萎了。

于是俺决定放任自流。这下它缩成了黑乎乎的一团。气味依然非常刺鼻。

将埋在土里这棵从窗畔搬到了阳台。这么做是想让风吹一下，任其自然或许还能有救。水钵里这棵依然置于厨房窗畔，一天二十四小时加以监视。

从附近的阳台人那里得到信息，可以在田泥表面加水。俺也想这么做，但没法不介意霉菌的事。不管怎样等霉菌消除后再放进泥里……这样想着，每天换水。可能这么做不行，叶子一片片地枯萎，又一片片地长出来。一边长出来，一边把水熏臭。种在土里的家伙随即陷入烂根的状态，就像经历过火灾的木材那样，只见焦黑萎缩的叶子倒在那里。

并不微小的碗莲。只会散发奇怪的气味且叶子枯黄的莲。根部会长霉的植物。

它难道不应当是令人震惊的小小的莲吗？难道不应当楚楚动人地舒展叶片，开出惹人怜爱的花来吗？它难道不是拥有活泼泼的根的植物吗？

就这样，俺的梦破灭了。

今天也微微发臭。

植物生活：一切都是阳台植物式的 [1998.5.29]

为了录像的外景去山梨，邂逅了一大片虞美人草的花田。说是邂逅，其实工作人员正是冲着那幅景象去的，但并不是俺出场的画面。

也许是为了给休耕田增色，或者是给路人的福利，数量惊人的虞美人草开着红红白白的花朵，悠然摇曳在风中。它们不是沿着田埂生长，而是在某处密密麻麻，在另一处又只长了一株，真是野性的罂粟群落。跟花店出售的品种不同，花蕾上覆盖的毛较少，枝茎极其粗壮。

俺品味着幸福，在花间转悠。边走边瞪大了眼睛，视线向四处搜寻。在广阔的田地中，俺好不容易才找到了要找的东西。那是花开完后就那样干枯而立的枝茎的顶端。俺寻找的是花开后长成的种壳。

窥视坚硬的盖子之下，只见里面塞着无数的种子。俺已是喜不自禁。从数以千计的花朵中找出的枝茎仅有五根。擅自将之统统采收后，俺返回外景巴士，将种子装入烟盒的玻璃纸袋，勒上橡皮筋。

大家正专心工作，或是迷醉在虞美人那妖冶的美之中，俺就这样趁机盗取种子。然后，回家打开书本，查找应该在何时、以及如何把它撒进土里。

五月几乎所有的日子都耗费于话剧舞台。开演时总会获赠鲜花。剧场入口摆满了来自有关各界的鲜花。这时候，就该俺登场了。

每天开演前都去探视花的情况。对切花不屑一顾，只探求是否有盆花。找到后当即用手指查看盆土的干湿状况，然后对剧场的小姐姐发出适当的浇水指示。这个两天一次，这个暂时不用浇，这盆要每天浇。这样提出细碎的要求，也是因为演出结束那天俺要带回家的缘故。

今年看中了单瓣种的月季，近来花店的盆栽也卖得很好，一个名为"鸡尾酒"的品种，以及另一盆红掌。就是心形的红色苞片上伸出一根玉米笋似的玩意儿的热带植物。鸡尾酒高约八十厘米，红掌是一米左右，所以从庆功会的会场把它们搬回家是愉快又颇费周折的事。在出租车里散发出沁鼻的香气，也令人感动。

遗憾的是，鸡尾酒在阳台上将最后的花朵展示了大约三天后就凋零了。当然，带它回来的目的在于来年的花，所以并无懊悔。毫不迟疑地犒赏了肥料，让它休养生息，好再度开出那轻盈可爱的花朵。

红掌稳据于房间正中的沙发背后。因为毗邻空气清新器，它那芋科植物特有的大叶子染上了白色污迹，比起空气更重视植物的俺立刻把机器随便挪了个地方。多亏如此，之后它便精神起来。虽然花凋零了两三朵，但它还是重振了精神，显得生机蓬勃。

用鸡蛋盒装土培养的迷迭香也发了芽。适当的时候移栽到花盆里，用喷雾器洒水。栽了叶葱的大花盆里一同养着的意大利欧芹的小苗也顺利长高，不断被移植。这些劳作当然是在演出结束后回来进行。

五月一切都是顺利的。从遇见的花上采收种子，若有合意的盆花就带回来，看见土就撒点儿什么种子下去。肯定不会错的，不可能失败。除了被霉菌侵害的碗莲，五月对植物生活而言是最轻松的月份。所有一切守护着植物，大多事物都维系着生命。

而后，梅雨即将来临。

苗木集市：阳台人狂喜[1998.5.31]

俺企盼着那一天。既然搬到了浅草，若不去苗木集市该如何过活。苗木集市在五月下旬和六月下旬的周六周日举行。尤其今年正逢苗木集市的中心——浅间神社的奉祝祭刚刚结束的时期，可以想见会有更甚于往日的热闹。

俺坚守的日程只有五月三十一日周日这天。必须在仅仅一天里将苗木集市拿下。俺从前一天开始就紧张得舌头发干。想要湿润一下，便喝了大量啤酒，结果在当天睡过了头。

宛然夏日的好天气，当然要骑自行车去。因为不知会到手多大的盆花。怀着激动的心情来到浅间神社跟前，临时禁止车辆通行的商店街上延绵地排列着露天小摊。俺确认了揣在衣兜里的钱之后，急忙冲进了人堆。

目不暇接，不论去到哪里，都是盆花。诸如桔梗的根苗、迷你盆栽、胡颓子和柑橘还有葡萄树，各种月季加上山野草，当然香草也有数十种。更有装在塑料袋里的骨粉或特制肥料之类，以及用于盆景的微型垂钓者人偶。最后还有不明缘由的鲶鱼正以五百元的价格出售。因太过奇突，俺差点儿出手买下鲶鱼，最后还是拼命地克制住，继续往里走。

来来往往的都是专业级的阳台人。不论哪个大妈、大叔、老头儿、老太太，看植物的目光都非同一般。有所留意时，便立刻触摸叶子，查看其状态，或故意提高声调讲价，充满了"才不会轻易买下"的气概，钱包口可是紧拢着的。很能理解那种心情。若非如此，便会大手大脚散财，到最后变成卖方，落得坐在路边摆摊的境地。

俺也慎重地将各个摊点的特征记在心上，大致把握总体的价格。可是，摊点实在太多。疲劳越积越多，已无法做出正确判断。只见优雅的竹枝上不知从哪儿飞来一只凤蝶，停歇在上面。连蝴蝶都想休息的话，俺也想休息。然而一旦停歇就完了。满怀的壮志将会流失，面对"蓝莓怎么样？只卖两千日元哦"这等恶魔之声的诱惑，俺会不顾放置地点的问题，将盆花乱买一气。

俺忍住了，忍了又忍。然后，开始收入三百日元的紫斑风铃草，五百日元的姜黄呀这类便宜、小巧又有趣的盆花。乌头加上细梗溲疏，还有美丽莲……不觉间，两手拎的都是塑料袋。

这时，传来"统统只买一千日元"的叫卖声。时至傍晚，价格开始下滑。一眼望去，盛开的秋海棠和高大的月季花并排而立。这些竟然全都卖一千日元，这世上怎会有这等好事？俺高一脚低一脚地向那个摊子走去。大妈们成群地凑在那里。不知是怎么想的，一个年纪尚幼的小学低年级男生竟也在认真挑选月季。从他触摸月季根部的手法，让人感觉他的阳台人资历不短，俨然已威慑着俺。为什么？为什么连这样的小屁孩都是敌人？

四面八方被嘭咚嘭咚地撞到。对方拿着的是一盆巨大的月季，俺等于在接受拷打。避让着右边，向左边一个趔趄。俺已是遍体鳞伤。心想至少要护住买下的盆花，身体一紧，敌人们当即看透俺已丧失斗志，直冲着俺的屁股等处撞过来。单是站稳就用尽了力气。

一时间就这样拼命站着，稍后才恢复了神志。没指望打赢的仗就必须及早抽身。俺告别了心仪的月季，一边瞥见刚才那个男孩端起了那盆花，一边从混杂的人群中挣脱出来。

如果就那样置身于苗木集市当中的话，必将迎来大甩卖那可怕的混乱。到那时俺肯定会在战乱的漩涡中仓皇失措，甚至瘫坐在地失去意识。俺急匆匆走过街道。一边走一边还不忘买下一棵丝瓜。搬家时扔掉的昙花也姑且重买了一棵。气喘吁吁地回到了鲶鱼跟前。"可以预告地震哦！"[1] 诸如此类的广告词令人动心，差点又想将之买下，但还是说服自己，现在动摇的是俺的头脑，这才回到了大本营。

浅间神社狭小的院内，年纪轻轻的小姐姐们穿着法被[2]正演奏节祭小调。对呀，这才是阳台人的节日啊。俺回望混杂的

---

[1] 传说地震起因于地底的巨大鲶鱼。后来便衍生出鲶鱼能预报地震的俗信。

[2] 印有店名、家纹等字样的日式短外衣。

地摊行列,一边自言自语。当今那些号称园艺爱好者自命风雅的家伙们,是听不到这小调的。俺们阳台人长久以来在狭窄的平房前想方设法培育着盆花。若将这事置之脑后,谈何英式花园!谈何建造美好庭院!狭窄才要智慧,贫穷才最骄傲!

于是,俺心满意足,缓慢地踩动了自行车。

本来还想要攀木蜥蜴的……

1998 年
6 月

(June)

芍药：沮丧的典型^[1998.6.24]

六月之初，从芍药的植株上发出了跟去年一模一样的新芽。那棵有着古树风貌的植株经过一年时间，展现出新的生命。

一边是植株旁迟疑地长出浓绿的叶子，一边是从土里探出笔头菜那样的脑袋，其内部隐藏着新芽。

然而，俺并没有为之惊喜。不，应当说是未能惊喜吧。因为，这两样体现着春天的现象几乎分毫不差，都是去年的反复。

去年，俺为了祝贺芍药发芽，将花盆搬到特等席，并仔细浇水。然而叶子只长出短短一截，而后再无发展，呈现笔头菜形状的那部分新芽也一直被包裹着，未能发出叶子。虽摆好了蓄势待发的姿态，芍药却突然终止了成长，像是在表明既定范围到此为止，于是就此冻结。

然后，今年也完全相同。同样从两个地方发出两株新芽，几乎以为在看录像一般，长成同样的形状后，时间停止了。

就那样逐渐枯萎的经过也别无二致。先是笔头菜形状的那株，眼看着它那火柴棍似的头部渐渐变黑，正要长叶那株也追随其后，慢慢地枯萎了。

不论经过多少年，该那样的还会那样。这个悲哀的真理，阳台人心知肚明。在某年一旦失败，几乎就肯定会反复失败。即便在土里拌进肥料，或是改变花盆的位置，第一年的失败也会在第二年重现。所以，阳台人应避免第一年的失败，小心翼翼地照顾盆花。然而对已发生的失败无以挽回，并且还将重复下去。

芍药可谓这种失败的完整的典型案例。不知是什么不对。搞不懂，然而成长的中断却已注定。只到半途的成长也已注定。也就是说种植者的沮丧也是注定的。

估计今后每当种不好什么盆花时，俺就会回想起这棵芍药吧。如同俺们阳台人无力支配时间一样，植物每年也同样被时间阻止，被透明的时间之墙阻隔，未及伸展叶子就枯萎了。

含羞草：杂草的价值[1998.6.25]

因工作去了福冈，在漂亮百货店的园艺专柜发现了含羞草。种在漂亮的花盆里，正好卖一千日元。一次次触摸叶片，看着那像是羞涩的蔫蔫的模样，俺犹豫着买还是不买。

毕竟是所谓的杂草。随便哪处野地里就能采到不是吗？虽说当然会这样理智地思考，但另一方面内心也有个声音在问，"随便哪处"到底在哪里。换言之，这是自己发言再反驳自己。但确实也不知哪里有"生长着含羞草的野地"。

"不，不是这个问题，俺想说的不是这个。"这是再度收紧了钱袋绳子的俺。放弃自己去寻找的辛劳，只是不经意地想花费一千日元，是对还是错。"因为这风气，连独角仙和金铃子之类都变金贵了。"那一个俺十分激烈地表达着观点。其间，作为听者的俺已经把含羞草所有的叶子都摸了一遍，也就是说这破草已俯身低头，完全蔫掉了。

"连杂草都被关进了资本主义的轮回之中，被赋予行情不明的价值，这未免缺乏伦理。"偏激的俺依然紧追不放。"把随便什么东西都当作买卖的对象，喂，你身为阳台人没感到不妥吗？"甚至触及了身份问题。这让作为听者的俺也不禁蔫掉，只好暂且离开园艺专柜，在旁边的宠物专柜看了看水母什么的。看着蒙眼貂和仓鼠等几种动物的时候，俺脑子里渐渐充满了对俺的反论。

于是，俺（A）和俺（B）一边这样攀谈着一边回到了含羞草旁："不能随便把什么东西都当作买卖的对象。你这种心情可以理解。然而另一方面，含羞草理应没有价格，君子兰却可以有。这种想法不也很奇怪吗？"

俺（B）一边对刚才那棵含羞草竟然丝毫没有恢复感到失望，一边尝试继续对俺（A）进行反驳。"在心理上抗拒给含羞草标价，问题的核心在于，你认为自己从随便哪处野地里就可以拔来一棵。但是，究竟生长在野地里的那棵原本是免费的吗？假设君子兰可以标价，那也是因为想到栽培它需要花费人工，也就是说，其价值的大半是因劳动产生的。

"这样的话，俺（A）呀，对购买含羞草的抗拒，不过是对不含劳动的价值的抗拒。其实只是在劳动价值的问题上做出愤慨的姿态而已。况且，这含羞草应该也是谁指望着赚钱而培育的吧。成全他的生意的确教人很不服气，但是，不论什么样的盆花，根本上不都是因这样的生意才存在的吗？"

到此俺（A）和俺（B）被合并了。与其说是被说服了才这样，不如说是决定把那些问题拿来共同思考而已。例如，俺们把含羞草看成免费之物，站在了杂草就可以随便拿来的前提之上。这其实是个自以为是的看法。并不是要主张植物也有权利之类的观点。反之，不能将别人栽培的植物随便拿来，正因为有这个禁止条例，事关拔取似乎未经人手的杂草，我们不会那么散漫，不是吗？也就是说，疑问在于，是不是正因为人类有着人与人之间规定的资本主义式的权利规则，另一方面才会使杂草的无价值属性成立呢？

俺一动不动地思考着这样的问题，指尖所向却是含羞草的叶子。不知不觉间，俺正一个劲儿地抚摸它们。叶子何止是闭合，看上去简直有些油亮了。园艺专柜的女店员的眼里也闪着严厉的光芒。是这奇怪男子的喃喃自语让她戒备起来。俺慌忙再一次向俺内部的"钱袋收紧派"提出购买请求。"如果打定主意要买一盆费事的花草的话，那就买吧。"那小子，也就是那个俺（A）回答说。

就这样，这盆杂草坐着飞机来到俺家。几天后，去附近一家花土和肥料都很便宜的超市购物时，看见同样大小的含羞草正以每棵一百八十日元的价格出售。俺（B）感觉受到了深深的伤害。

因为在瞬间，那场争论的价值仿佛也一举跌落了。

1998 年
7 月

(July)

虫们：梅雨的现象 [1998.7.16]

猛烈的酷暑持续不断，上旬时，还以为梅雨即将早早结束。然而梅雨天气又回转来，昨天夜里冷得像秋天一样。厄尔尼诺现象之类，近似于托波·吉吉奥[1]的名字。好不容易刚记住，哪想这次的据说是拉尼娜现象。怎么说呢？在嘴里念着也会感觉黏答答的。有点儿奶酪的味道。

说起来，人们通常认为对阳台人而言，梅雨季是轻松的季节。毕竟不浇水也会下雨，而且也不需要费工夫遮挡直射阳光。

然而，不消说梅雨对俺们来说就是灾害。雨不一定能落进阳台，所以一不小心表层土就干得冒烟了。但如果哪怕多浇了一点水，最后又会因湿气导致烂根。

最头疼的是虫子。这个时期，稍不注意，植物们的各个部位都会长虫。俺讨厌的是那种很像果蝇的又小又黑的混蛋。也不知是什么虫。这样说一定会有人把你当傻子似的，得意洋洋地告诉你，那是蚧壳虫，或是有人自得地回答，那是坡的乌鸦[2]，等等。但这类人才是莫名其妙。俺又不是专要养些虫子。

---

[1] 意大利著名木偶剧《托波·吉吉奥》（Topo Gigio）的主人公是与剧同名的小老鼠，后改编为动画片并曾在日本播放。

[2] 爱伦·坡的长诗《乌鸦》（The raven）中，当乌鸦被问及名字，回答"永不再会"（Nevermore），说虫子是"坡的乌鸦"大约是自以为幽默地取这个双关。

俺是在照料盆花。知道虫叫什么名字也不会怎样吧？也不会因为招呼一声"哦，蚜壳虫呀"，就能让它们消失。同样地，叫一声"拉尼娜"，天气并不会变好。

不管我是否知晓其名，这些家伙依然旁若无人地从盆土表面"嗡"地飞起。这时候，土肯定是湿的。把几乎已臭掉的水当作养分，它们长了出来。说来虫卵在哪里也是个谜。只可能是买来的土里本身就有大量虫卵，但俺绝对未曾求购过带虫卵的土，是它们偏要混进来。说不定就像是预防烂根的警报也未可知。形成了一旦有危险就只管大量生虫的机制。

这些身为警报的虫们身体莫名坚硬。身体虽小，撞到手背或脸上时，疼得出乎意料。不过，只是一种印象。想来其实也没那么大的冲击力，但发现一大群时的恐怖不知为何让俺留下那样的记忆。果蝇的话会稍稍柔和一些。这些家伙则是凶暴的，感觉是"当"地撞上来……所以脑袋里也"当"地一声怒不可遏。可能是相对体积的重量问题，被"当"地撞上，让俺很害怕。举个相反的例子，就像一掂量其实很轻的西瓜那样，对自己的预测被否定这件事，俺忍不住地生气。所以，俺几乎总是猛然起身拿起杀虫剂。因为气愤，就算把枝茎都弄断了，也要把药剂喷射个够。喷射之后，它们却还是嬉皮笑脸慢悠悠地飞着。其实是否嬉皮笑脸无从得知，但俺却只能这么认为。

猛然惊觉一件事，俺停止了喷药。长时间喷药，其冷雾会伤及植物。忍住不动，搜寻虫们的动向。有个傻瓜从土块那小小的阴影后面偷偷摸摸地爬出来。想要消灭这家伙，于是又忍不住开始了喷射。

因为这架势，植物们大受伤害。才过了两天叶子就变黄凋落了，根的情况似乎也变得很糟糕。要说虫子去了哪里，它们已从原先那个控制浇水的花盆迁移到旁边那个，不觉间还增加了。如果直接扩大喷射范围，俺的阳台生活将濒临危机。咬紧牙关节制着洒水，无论如何也要将虫子们的温床消灭掉。然而，糟糕的是此时正逢梅雨季节。偏偏这时湿气轻易不散，因此那个，算了，在此且称之为拉尼娜吧。拉尼娜们放肆地到处飞舞，撞在俺的手上脸上。

就这样，每到梅雨季节，俺就落得与拉尼娜战斗的下场。飞进房间的拉尼娜会在不知不觉间到冰凉的麦茶里游泳。也有时早晨起来，只见拉尼娜正趴在俺的枕头上。抽烟时，拉尼娜不耐烦地飞走，或是抓着还没晾干的衣服补充水分。最后甚至循水而至，出现在水管旁边，让俺感觉像养了猫似的。

在对这些行径一次次怒火中烧的过程中，拉尼娜忽然消失了。俺喜庆地迎来了与那些往叶子根部喷白粉的虫子、与锈菌病之流的战斗。这些也是梅雨季节多发的病虫害。不过，消失的拉尼娜已经在此处产下虫卵。它们假装已经离去，其实正虎视眈眈地等待着下一次湿气。只要稍微湿润，拉尼娜军团就会迫不及待地出动。黄色金丝雀军团[1]虽然可怕，这个军团也够厉害的。它们不射门，冲劲却相当厉害。丝毫不需要担心退场，只管嗡嗡飞舞。

因此梅雨很是麻烦。确实植物在嗖嗖地长高。但其他生命也蓬勃生长着。趁着瞬间的疏忽，它们便聚集在植物的枝茎上，啃噬土壤，或停留在花瓣背面，讴歌此生的好时光。

于是俺神经质地拿起杀虫剂，每天监视着阳台。同样是生命，为何要加以甄别？对这个问题俺无法回答，依然持续着一进一退的战斗。

只有这些家伙不可原谅。因为他们冲俺而来。

---

[1] 巴西足球队的昵称。

阳台人思想：火箭的去向 [1998.7.19]

好像是前天吧，俺的好友，一个名叫三浦纯的男子来到俺家。在新宿的居酒屋喝着酒，他突然说起要去伊藤家，不惜乘坐出租车，完成漫长的旅程后，来到家里。给他倒茶的时候，他竟说什么"伊藤家装饰了太多的假面""这房间散发着东南亚的香气"之类，很是烦人。

笑着任其瞎说，他却忽然想起来似的开口问："哪个是园艺？"且不说语法不通，脸还那么红。俺要是给他解释这是阳台种植也太麻烦，所以沉默着站起来，指了指一旁的花盆，然后走到阳台上。"哦，从室内就开始了？"三浦露出惊奇的样子，拖着醉汉的脚步跟了过来。

其实在刚到家时他就已经看过阳台了。看是看了，但似乎并未想到那就是"园艺"。三浦像是很失望，又像是出乎意料的样子，望着摆放在那里的花盆。一方面是他失口问起本来并不感兴趣的事，而更重要的是，这与他预设的印象大相径庭，所以他才感到困惑。

是因为这里没有用心堆砌的空心砖，没有从漂亮的大花盆里开出姹紫嫣红的花来，让他感觉扑了个空。两人离开家去外面逛了逛，又走进酒吧重新喝了起来。俺一边还思考着关于园艺幻想竟如此根深蒂固的问题。

其间三浦一直在聊无关的话题。要说聊的什么，据说是一部以俺为主角的电影的构思。开头部分，移动镜头扫摄浅草寺，俺就在寺院内。突然，响起了盖那笛，是田中健演奏的寅次郎主题曲[1]，银幕上出现"人情"两个大字。

三浦旁若无人地大声说着，很是兴奋。"然后在伊藤的房间里点上灯，用潜水镜头步步拉近，房间里有一大堆假面！"一句话，不过是刚才看到的景象。就像小孩做的梦那样。

俺这边依然在思考园艺的问题。只要说自己在培育植物，人们肯定会想起空心砖或漂亮的素陶大盆之类。不会想到竟然摆着些塑料花盆呀脏兮兮的鸡粪袋子呀。不，弄得漂漂亮亮的也挺好。对于为打造一个漂亮阳台不断努力这件事，俺没有意见。那也是俺的同道。可能的话，俺也很想那样做。

然而，既然面临在狭小空间里到底能塞进多少花盆的问题，俺无论如何也不会倾向于打造漂亮的阳台。靠数量取胜的"阳台艺"若不能诞生出足以与园艺抗衡的美的秩序，俺就成了只是漫不经心地购买盆花的玩家。俺认为这是个重大的课题。一边与那些把泡沫盒子摆到路边来的老太太在沉默中结成了联合斗争的关系，但又必须使那种无政府状态形成松弛的秩序。

俺要达到的，既不是园艺思想中可见的那种十八世纪启蒙

---

[1] 寅次郎，山田洋次导演的系列电影《男人真辛苦》的主人公。

主义式的、扎根于植物学的美，也不是十九世纪浪漫主义式的、以西洋散步思想为前提的美。也就是说，俺们阳台人需要拥有的，不正是让那些言必称美学的孱弱的日本傻瓜们难以靠近的思想核心吗？俺就是这样认为的。

不觉间，以俺为主角的电影已经变成了科幻片。俺的脑袋，据三浦说，"绵软地越伸越长"，从闹市区一直向着宇宙飞出去。飞出去倒好，但此时又响起了盖那笛的演奏，并出现"人情"二字。几乎就是一部实验电影。但是，俺觉得醉醺醺的友人吐沫横飞地谈论的最后一幕所拥有的那种莫名其妙，正好有俺正在寻求的某种核心的东西。

俺们的阳台是火箭发射基地。不，盆土本身就是一个小小的基地。不管是路边的泡沫箱，还是挂在玄关的三色堇花盆，穿着衬裤的老大爷正在洒水的天台也不例外。那基地里，俺们培育着的不就是破破烂烂的火箭吗？因为很是破烂，这火箭与那些用植物排成曼荼罗阵形来展示宇宙理论的劳民伤财的伟业毫无干系。它们有时是含羞草。有时是别人家屋檐下捡来的牵牛花种子。或是买来的盆花里带来的品种不明的花草。

这些破破烂烂的火箭由我们来补给燃料。加以检修，等待时机，准备一个接一个地向空中发射。曾经从宇宙降下的绿色物质，俺们打算将它们再度返还宇宙。正因如此，才未曾扎根于庭院，而是作为火箭培育着。一边反复经历着发射失败，基地的火箭们一边开花，长高。就像火箭从美国的沙漠里升空一般，俺们的基地也满是干燥的沙子和凋落的叶子。代替蝎子，到处爬行的当是蚜虫吧。在荒芜单调的风景中矗立的火箭们。然而，它们的确自下而上地伸长了，被风吹拂，遥望着天空的彼方。

送友人坐上出租车后，俺慢慢步行。独自回到二十世纪将尽的阳台后，俺感觉终于发现了阳台的作用。因为，就像友人多次为俺示范的那样，植物正"绵软"地伸出脑袋，仿佛正说着"出发在即"一般，在黑暗中摇摆着。

将俺们的阳台变作荒凉的旷野吧。

在那里，现在立刻，配置破破烂烂的火箭吧。

许多许多架，或者一架。

火箭们杂乱的位置，就让太阳来决定吧。

因为无法得知宇宙的全部，所以保持着沉默，但偶尔也思考一下绿色的火箭胴体所连接的平流层的远方吧。

守望着即将飞往宇宙的火箭们，有限的俺们就在尘沙飞舞的狭窄土地上靠边站吧。

这就是俺们的阳台之道。

1998年
8月

(August)

睡莲：节祭之后 [1998.8.20]

阳台上无精打采的是睡莲。对大莲花和碗莲都该彻底认输的俺，早在上月就买好了睡莲。并且，到底还是失败了。

沉迷于酸浆集市[1]，接连两天在浅草寺院内晃悠的俺，却不曾有心买酸浆。母亲倒是买了两盆。俺把今年定为孝顺年，所以约了父母来酸浆集市游览。

近来隐约感觉到，买了这两盆酸浆的母亲是个惊人的植物爱好者。简直无所不知。在无数的酸浆当中，她用锐利的目光巡视一番后，精准地购入了优良的植株，在趁着酸浆集市摆在寺院背后的苗木地摊前，她说："哎，他爸，看，这个咱家也种过。"总之，大肆显摆着与俺的不同。到最后，针对俺想要出手买下的植物，她还忠告说："这个不好养，还是算了吧。"

是从什么时候变成这样的呢？俺浑然不知。在俺的阳台植物生活的源头，的确有母亲的存在。某天，她把箬竹、翡翠木和吊兰几乎是强行给了俺。因为照顾不周，那些家伙全都枯了。但在好久之后，一浇水，它们突然又发出嫩叶，繁茂起来。这就是俺沉迷盆花的开始，起源的愉悦。

---

[1] 酸浆（姑娘儿），日文名为鬼火。每年7月上旬，在东京浅草寺的庙会期间有专门出售盆栽酸浆的集市。

即便如此，在俺记忆中，并非自幼就是这样。家里养的是金鱼或小鸡什么的。后来开始弄家庭菜园之类倒是知道的，但这也是俺开始写作之后的事。并且，当时母亲还不会一看见行道树就冒出句"哎呀，四照花"。甚至开始怀疑，难道她这是冲俺而来的抗衡意识吗？因为母亲准确详尽地说出植物的名字，并显得怜爱有加。似乎想要表明，她与俺这样没记性的阳台人是不同的。

不过，俺曾想过，也许是俺将那些话语关在了俺的世界之外。也许母亲的眼睛总是注意着左邻右舍的盆花，看见道路上方的树木就不停地说"哎呀，玉兰开了"，诸如此类。只是俺没有去听，不是吗？这样想来，俺成长的那些岁月的质地变了。可以说，俺在无意识间积攒了对植物的爱，不过是在不知不觉中使之爆发出来了而已。然而实际情况不得而知。这要是去问母亲的话，她肯定会说："你从前就喜欢的呀。"

前不久见到了孩子。她年幼时俺就离异了。她对植物很感兴趣，这个俺之前就知道。所以，当两人走在路上，俺提议来做个游戏，对见到的植物，看谁能说出更多的名字。如果不这样的话，就不得不配合她没完没了地赛跑。她好像刚刚学到了跑步的窍门，所以想对俺这个做父亲的展露一番。

然后，令人震惊的是，她彻底打败了俺。刚上小学的她一个接一个地说出"啊，太阳花""啊，蜀葵"，俺不想输，正慌张，

1998年8月

她纠正了俺的错误，最后还以"啊，美洲商陆"等惊人的知识，在仅仅十分钟左右的时间里，辨认了二十多种植物，将俺打败了。教给她这些的除了前妻别无他人，俺一直不知道她对植物竟如此精通。女儿随后去采了一小枝开在路边的紫茉莉。俺说，采了它，花儿多可怜啊。但她不为所动地闻了闻花香，轻松地搪塞说，放进水杯里可以开很久呢。然后把花夹在指间，又迈开了脚步。她毫不刻意地尽情享受花开，将花朵别在身上，等花蔫了，就扔到地上。与不摘取花朵相比，也许这样做才是更为自然的关系。俺想着，凝视她小小的背影。

与俺相关的女性们都比俺更加无拘无束地接触着植物，辨别种类，并爱着它们。只有俺落了单，洋洋自得写着文章，还硬说什么阳台人之类。这个事实把俺孤零零地扔在了世界上。恍然发觉，俺以外的人不论是谁都正与植物为伴，只有俺置身于语言的世界。

话题回到睡莲。父母回去之后，俺再次来到一直开到深夜的集市，因为无论如何还是想要那盆被阻止买下的睡莲。面对拿起睡莲的俺，摆摊的大爷说："养莲花是有诀窍的哦，诀窍。"那意思就像在说"以你是养不活它的"。"请教给俺吧。"俺用语言说。大爷吐了口唾沫说，那就教给你吧。然后拿起全然不同的另一盆植物，嘴里开始念叨一堆莫名其妙的数字。"听好了，八厘米，不，大概十厘米吧。从这开始十厘米。"大爷说。问他十厘米是什么？回答说，好，这就写下来。明明眼前出示的并非睡莲的花盆，十厘米该从哪里算起，另外是什么东西需要十厘米都不清楚。虽不清楚，能写下来的话也行。于是俺等着。大爷在塑料袋上用马克笔开始写些什么，边写边说："有诀窍的哦。十厘米，不，十五厘米吧。"数字摇摆着。

俺渴望得知诀窍，爱植物的人都应铭记在心的诀窍。俺也许是想成为可以采摘小花的人。大爷把诀窍完全写好后，拿着那个塑料袋冲俺瞪视了数秒。暗想这是怎么了？只听他问："睡莲在哪儿？"明明自己放在了身后却忘记了。俺郑重地说："在那里。"大爷一时还是没找到。随后睡莲进入视野，他将它轻松地拿过来，装进了袋子。

"听好了，十厘米，不，八厘米，大约一寸吧。"大爷说着前后矛盾的语言，送走了俺。这样啊。俺接受了矛盾，只为得知那可以重新做人的诀窍。长舒一口气之后，俺看了塑料袋。上面写着令人生畏的信息。

"睡莲""八厘米到十厘米"，就这么两行。

到头来俺还是一无所知。并且，在一无所知的俺的周围，人们继续爱着植物。

木槿：老蝉之恋 [1998.8.23]

没有戏剧化地长高。也没有多余的枝条伸出。那棵与初次开花的夏天几乎保持着同一身形、大约六十厘米高的木槿，似乎有着奇怪的习性。

即使是在世田谷的阳台上，它也引诱着野蜂。夏天，正给各种植物浇水时，拖足蜂闯了进来，晃晃悠悠地靠近了木槿。花并没有开。于是，野蜂不知所措，在木槿周围遗憾地飞着，但还是暂且抓住细细的枝条歇个脚。别的植物在开花，明明可以从那边采蜜或花粉，但野蜂在枝条上上下移动了一阵，便毫无收益地离开了。

同样的事有过好几次。野蜂不知从哪里飞来，在木槿上停留，像是知道花还没开，只好失意地飞向天空。然后在大约十天前，拖足蜂又来了。俺已经搬了家。所以，即使是在台东区的阳台上，木槿依然吸引着野蜂。依然还没开花。在这花蕾已经膨胀，但离开花想必还很久的时期，不知为何，木槿似乎在用某种独特的外激素吸引着野蜂。魔性的少女，木槿。

然后，三天前。清早一边觉得蝉声聒噪，一边睡觉，到过午起来一看，这回是一只蝉趴在木槿纤细的身体上。由于木槿太过苗条，蝉的脚几乎相互交缠在一起。有种仿佛正对幼女干坏事的青年一般的怪异，甚至令俺不由得瞬间移开了目光。当然，花还没开。花蕾只是静静地面朝上方。

对突然扑上来的蝉毫不介意，木槿一心一意沐浴着阳光。特意驱赶的话，感觉反倒会在木槿的记忆中留下带有性意味的印象。俺放弃了浇水，决定对蝉放任不管。傍晚再看，干坏事的青年已不在那里。放下心来给四周洒了水。然而那天晚上和第二天晚上都听见阳台附近发出啪嗒啪嗒的声响。俺最初并未在意，心想反正是蝉很多见的季节，有时它们也会趴在楼房的墙壁上，或是闯进来几秒钟又飞走。

即便这样，两天后的中午，那啪嗒啪嗒的声响还是让俺觉得奇怪起来，于是注视着阳台。只见在离木槿最远的阳台那头，蝉躲在紫苏和牵牛花的花盆之间。它在水泥地上一动不动。根据经验，俺知道那趴在地上的蝉已是时日无多。摸了摸那即将死去的蝉，虽然很不喜欢摸到半死的蝉时手上感觉到的那已完全衰弱了的震动，但更不愿意拿残骸。俺鼓足勇气把手伸向蝉，久违地用指头夹住了它。虽没有激烈的颤动，但它的脚动作还不算太弱。试着往上一扔，蝉以足够的力道起飞，画出一个弧形，朝旁边的阳台那边飞去。

望着那给邻居添乱的轨迹，俺思忖着这只蝉的内心。在紧抓着距离盛开还需时日的木槿，难以释怀地在附近转悠的过程中，它是不是放弃了飞翔呢？即便如此，它是不是依然放不下这老年之恋，打算从花盆后面守望木槿呢？这想法很不正经。

认真地把花草虫鱼之类拟人化的童话故事式的做法是不可原谅的。但在蝉飞行的数秒之内，俺却不由得那样想。

蝉从视野中消失了。今天它将会在某处阳台上死去吧。这样想着，俺看了木槿一眼，然后吃了一惊。因为俺以为花期尚早的蓓蕾出乎意料地开放了，橘红色的花瓣正要从裂口处迸发出来。

木槿的花瓣就那样扭曲着，今天依然未开。仿佛是要为了蝉而开，却因不见蝉的身影而沉思着一般。对着那棵木槿花，俺用喷雾器足足地给它浇了水，对它说，非植物的俺们就是那样死去的。

1998 年
9 月

(September)

仙人掌：仙人掌倒塌[1998.9.22]

仙人掌的新生代在那之后又继续缓慢成长，长成一座朝气蓬勃、身高超过十厘米的塔。然而今年初夏，原有的两株老仙人掌中的一株倒塌了。虽说它本来就到处长着枯黄的色斑，但也没能想象它会烂了根以至倒下。

它还活着，所以一时也无心将它从根部切断。那身体渐渐斜靠在花盆边缘，俺给它取了个名字叫比萨，并严加监视。这之前它从未拥有名字。像这样濒临死亡时才第一次得到名字，几乎就像戒名一般。[1]

比萨居士……总有点定不下来。不不，不是定不定得下来的问题，人家还没死呢。"居士"太多余。这里依然称之为比萨吧。

比萨缓慢地腐烂着。以为它大约会因自身的重量而崩塌，自那以后已经差不多两个月了。然而它还没有悄悄倒下。这一个多星期来，根部只剩一层干皮。里面想必是空空的。虽然如此，它上面的部分依然保持着绿色，显然在延长着生命活动。简直是个谜。

实在太不可思议。俺很多次想触摸一下那出问题的部分，可毕竟对方是仙人掌，浑身带刺，不可触碰。所以，俺把倒塌

---

[1] 佛教徒去世后，由僧侣根据逝者在世时的名字、经历等定下的法号，专用于墓碑、牌位等处。

的前端部分轻轻抬起，仅限于根据感触来推测根部的情况。这真教人心有不甘。

俺就是想知道。无论如何都想知道，如果揭开表皮，里面会是什么样子。这种兴趣是人类不变的本性。或者说，是企图且当它是不变的本性，想一刀将表皮切开看看。是一个借口，一边说什么植物主义一边想要残忍地切开倾斜的仙人掌根部的俺的借口。

于是，俺尝试了。不过只是一点点而已。用剪刀剪开仅仅数厘米。表皮啪嗒作响，就像干燥的油纸一样。是坏死的组织，将这部分稍稍剪开。先申明一下，这毕竟是手术。为了拯救整棵仙人掌，俺几乎是哭着动了刀。若不相信你尽管可以问问俺。俺会告诉你，俺是哭着剪的。

由手术可知，内部果真是空的。勉强连接了根部与茎干的，是几根呈枯黄色的纤维。不认为它们还在发挥作用，但可以认为，正是这些纤维防止了比萨的彻底倒塌。

不，并非到此为止。这样一来，就越发不明白比萨的表面为何还留着绿色。那绿色是已失去的生命的残留。只能认为，颜色消退之前需要一段时间。也就是说，其生命活动在通常意义上已经结束了。

可是……这样想着，俺转向了下一台手术。也许应该说是不小心转向更合适。对茎干上目前留存的绿色部分，俺试着将剪刀插了上去。结果让俺皱起了眉头，因为水"滋啦"一声冒了出来。仙人掌具有贮水的习性，这是常识。虽说已经倒塌，茎干从根部脱离后已过了相当长的时间，但这小子如今依然持续着保水活动。

这一来，在什么样的情况下才可说植物已死呢？看来只能又回到俺一直思考的这个问题上来。如果是人的话，那就是心脏停止。所以在这里出现的是脑死定义的问题。但是，看到从仙人掌溢出的水，自然而然会想到血液。身体还活着，却被宣告死亡。关于这种做法的对错，俺除了保持沉默之外无可奉告。对我们而言，连断定这棵仙人掌是否已死，现在也是不可能的。以农业的标准大约算是死了，但是以阳台人的标准有可能还活着。毕竟还有任其枯死这条路可走。那么，以阳台人的标准而言，脑死是死吗？

因为硬说是手术，俺颇有点儿科学家的感觉。由于轻率地剪开了根部，倒让俺难以将比萨扔弃了，甚至将思考拓展到了生命尊严的问题。这就是俺的妄想癖。

若能得出符合阳台人标准的结论的话，那就是放任不管直至凋落，此外别无他法。事到如今，要说俺能做到的只有偶尔浇水和补给肥料而已。比萨的问题姑且做以上考虑，俺把花盆从手术台搬回到原来的位置。

无论怎么考虑，作为整体它已经死了。

可是，身体组织还活着。

俺认为，植物人这个词，不论对人还是对植物都很失敬。人类无法界定自己的生命期限，由于这个矛盾，人们生出一种对方像是植物的错觉，仅此而已。矛盾恰恰存在于想要界定无法界定之事的行为。而生命本身大概是毫无矛盾的。

阳台人依然只能"放任不管直至凋落"。或者，某一天突然漫不经心地把它剪掉。

垂吊蕨：卫生间大作战 [1998.9.25]

很久以来一直向往着垂吊蕨[1]。挂上风铃什么的吊在屋檐下，取其清凉之意，称之为日本阳台人的夏日必修科目也不为过吧。毕竟，阳台人是以江户平民生活为行动范本的。而更早先的植物状况不得而知。

总之形状很漂亮。用铁丝还是什么做成的山峦形状的骨碎补。或者是做成灯笼。借着比拟的力量，将狭窄的窗边显得像是通往宽敞庭园的路径一般。当然庭院是没有的，只是"阳台

---

[1] 原文为"吊り忍"，一种传统的园艺方式。将骨碎补（日文名为忍蕨）等蕨类的根部用青苔等包起，以铁丝或麻绳捆扎，吊植于门前或檐下等处。

魔法"而已。其实也就是"武士饿着肚子也要拿根牙签做做样子"。反正怎么说都是玩儿。没有就没有，一样能获得享受，就是要抱着这种心态。这才是值得俺们阳台人阶级学习的心态。

然而，对象是山野蕨类。在书里读过，说要用井水或晾过的水浇灌才行。而且还要一日数次给它喷雾。简直是宝物的待遇。若非相当的闲人是不可能照顾得过来的。所以在之前的数年里，俺不得不克制着自己。为了实现"阳台魔法"，自己必须赋闲才行。

但今年想到了一个出色的办法：将之放置在卫生间的水箱上[2]。俺从开春就在悄悄酝酿这个策略。

解手，冲水，水流进水箱，水浇在骨碎补头上。这样一来，骨碎补的浇灌就完美了。而且每次解手不是还能欣赏它水灵灵的姿态吗？

真棒！想到这办法时，俺几乎想大喊一声，但实际上问题多多。首先是没能将它吊起来。高吊起来挂上风铃，水滴答落下，这植物方能显示其价值。它却稳坐于水箱之上。并且，井水或晾过的水这些条件一个也没达成。冲洗大小便反倒用上了晾好的水，而骨碎补被当头浇灌含有漂白粉的水。从骨碎补的角度而言，它一定觉得怎么大小便比自己还金贵呢。

---

[2] 这里指的是设置于马桶水箱上部，为节水而设计的小型洗手池。

总之，什么问题也没能解决。但俺依然继续酝酿这个构思。其他办法一个都没想出来。想到就做，俺还是买了垂吊蕨。记得好像是七月的事。俺在某处的小摊上发现了一小盆带有风铃的骨碎补。而且是木盒底座那种。俺当即想到，这样的话，比较容易放稳。明知这将不是垂吊蕨，而是成了放置蕨，但头脑里依然回响着风铃叮叮当当的清凉音色。虽然很清楚，若不把方盒拆去就无法放进卫生间，但至少在幻想中，俺还是试着将它吊了起来。

关于水，在某种程度上做好了心理准备。比如给青鳉换水时，俺并不晾水。除漂白粉的药片放进去只须等待十五分钟就好，但依然觉得麻烦，总是从水管直接往金鱼缸里放水。即便如此，青鳉依然活着。它们全力苦苦挣扎翻滚，到头来又若无其事地吃着鱼食。青鳉很顽强，骨碎补也应好好努力才对。俺这样想。

放在卫生间的骨碎补确实是精神十足。没有被吊起来，也没有风铃，水质又糟糕。即便这样，它真不愧是"忍蕨"。因为能够忍受日阴而得名。名字的由来实在正确。每天俺解手后，这家伙任凭流向水箱的水从头浇下，忍耐着这屈辱，发出卷曲枝茎，长大了。

但是，没过多久就出现了头疼事。俺在睡前总是以强迫症般的频率上卫生间。可能是因为小学六年级时不小心尿了床而造成的心理阴影。每当要躺下的时候，便忍不住想一趟趟地去卫生间。尿不出来还好，但每次都尿一点点。尿出来就越发担心。尤其是喝了啤酒什么的，这情形就越发厉害。在床与卫生间之间频繁往复，简直想说，去那么多趟的话不如干脆睡在卫生间算了。

深受其害的是骨碎补。它一直百般忍耐，然而浇来的水量实在是太多了。想来它原本生长在溪流之类的地方，水不停地流过应该没事，但毕竟是含漂白粉的水。而且夏天的卫生间通风不好。它总算还是熬了过来。每天的卫生间行脚让俺也疲惫不已，不过每次都被浇灌的骨碎补也相当辛苦吧。

没办法，决定只尿一点点的时候就不冲水了。把马桶盖盖好，只在觉得这是最后一次的时候才冲水。这是俺与骨碎补之间无言的约定。然而，什么时候是最后一次，俺也不知道。因此在马桶前苦苦思索的时间也多了起来。俺的小便究竟会不会就此结束呢？这时冲水的话，骨碎补会不会很难受呢？每次强迫症般的行脚，俺都不得不做出这样的判断，在卫生间滞留的时间也变得非常漫长。

自然也越来越焦躁。偏偏就选这种时候，潮虫以及像是蜈蚣的家伙从骨碎补中爬出来。因为潮湿，原本就在根部做了窝的虫子们都开心地跑了出来。去你的风雅！去你的风铃！俺几乎想这样大喊。因为没挂风铃，对骨碎补而言，这是没有根据的责难。错就错在你把它放在这里。只要这么说，俺就没什么可说的了。可贵的是，骨碎补什么都没说。一味地忍耐着。

就这样夏天结束，季节开始向秋天变换。沉闷的空气渐渐变得清爽。难得的是，没精打采的骨碎补露出了复活的征兆。可以说这是战斗之后。与漂白粉斗，与劈头盖脸落下的温吞水斗，与虫斗，与此身没有风铃的悲哀斗，每天看着俺的下半身过日子的骨碎补……

不久后冬天来临，它将被报纸包上，放在昏暗的地方保管。近来俺开始思考，这骨碎补的命运是不是过于悲惨了？即使冬天过去迎来春天，它依然要去往卫生间。并且，又将度过苦难的每一天。

骨碎补啊，来年让你悬挂起来。估计最多三天吧，你风光气派的样子，妈妈满心期待着呢。

很抱歉，那之后依然是去卫生间。既然阳台上没有可以悬挂的地方，骨碎补（忍蕨）只要活着，就只能请它忍耐。摆摊的大爷给俺复印的"栽种方法"的最后，令人伤心地写道：

"能活很多年"……

1998年
10月

(October)

文心兰：蝴蝶报恩 [1998.10.19]

热心的读者应该知道，其实俺的阳台人生活最近暂时与花无缘。夏季开始前，俺也出手买了些栀子、微月等看似好养的盆花，可惜最终都没能让它们顺利地开出花来。已经写过的睡莲和木槿也是未经花期，最后只管繁茂地长叶子。也就是说，俺自始至终都是个绿植管理员。

读者发来电邮告知"折磨咖啡树的时候到了"，记得应该是七月初的事吧。之前曾在这里请教过让咖啡开花的办法，于是有读者适时发来了准确的指示。总之就是以不浇水来彻底地折磨它。据说这样咖啡树就会感知到危机，继而开花结果。俺立刻开始了咖啡树的耐久实验。浓绿的叶子逐渐枯萎，甚至变得遍体枯黄。它严重地萎靡着。不知是什么原因，随即从枝茎上渗出蜜脂似的液体，并开始凝固。丝毫没有要长花芽的迹象。但既然说现在是好时机，俺就有义务摆出一副折磨咖啡专家的样子。

然而才几个星期就招架不住了。俺心想，长此以往咖啡树一定会枯死，于是足足地给它浇了水。叶子以惊人的速度恢复，很是惹人怜爱。第二天又偷偷摸摸给它浇水。虽说没必要偷偷摸摸，但就像不忍心实施斯巴达式教育的家长那样，总觉得歉疚。所以，明明没人看着，浇水却弄得如同犯罪一般。怎么说呢？咖啡树的耐久实验中途变成了"俺的精神耐久实验"，以至于俺终于无法再忍受折磨咖啡树的自己。

牵牛花和葫芦花也做出了一些努力。然而两者都是第二年的花。花朵少不说，花瓣也小得不正常。也许坏就坏在去年留了太多的种子，不小心撒多了。结果就像看着病恹恹的孩子勉强露出笑容那样教人心疼。很想对它们说，不开花也没事，真的不用再开花了。其实也有今年新买的大花牵牛的种子，大概是弄错了播种时间，它们丝毫不见长高，一直还在磨蹭着。

渐渐地，牵牛和葫芦藤上都长出一种白而软的虫子。仔细一看，那虫子有许多脚，紧抓着藤蔓。用手去捉会把它捏烂，所以越发气愤，某日干脆胡乱将它们一气歼灭了。沾满了白色残骸的牵牛们的身形越发显得悲哀。即便如此依然开着小花。就那样浑身沾着白色污迹，每天几朵几朵地开花。虫子以同样的速度随之增加。用防虫剂一喷，这下叶子又枯了。然而花还在开。弄得这边心情低落，简直觉得它们是在跟虫子联手来困扰俺。

由衷地想要开得欣欣向荣的花。可是没有俺想要的类型的盆花。想靠微月糊弄，结果变糊了的反倒是微月，它很快长满了蚜虫。在花店前发出叹息的次数多了起来。那里没有俺喜欢的豪爽的花，尽是些长寿花那一类开得细碎的花草。此刻最想引入的是朱顶红级别的选手，但供需的平衡似乎很不理想。无奈只能眼巴巴地望着阳台，一个夏天就稀里糊涂地过去了。

老实说，气候恶劣也是让俺疏于照顾的一个原因。多雨时，只是隔着玻璃窗看看情况，实际到阳台摸土的机会也减少了。为难的是，白色虫子们将领土扩大到了其他花盆，仿佛在说"成败在此一举"。发现时，常春藤和飘香藤都落入了虫军之手。当然植物的状况也变糟了，害得俺又分散了注意力。所谓恶性循环就是这样。

要切断恶性循环只有一个办法：仍然是花。哪怕只有一盆，只要有一盆凛然开放、决不让虫近身的花，俺就能让往日的阳台植物主义精神重振雄风，雨下得再大也可以拿上铲子跑去阳台，勤奋地劳作……可是，哪里也不见心仪的花出现。

就是在这般形势之下的某日。俺得了半天假，天气又正好见了晴，心想哪怕去移动一下花盆也好，于是来到阳台。然后，从层层叠叠的叶子中，发现一枝纤细的花梗轻盈地伸了出来。是文心兰。之前某一次从搬家前住的那栋公寓的垃圾房捡来的文心兰。

花开过后，便将它与蝴蝶兰一同放在浴室。然而两者都一直不见有花芽长出。随后俺便弄不清谁是谁了，干脆对哪一方都不予期待，放在外面没再管它们。也不知什么时候，从曼陀罗和乌头草的叶子间，长长的花梗伸了出来，并且备好了一朵朵花蕾。

俺高兴极了。为了给阳台日渐腐败的王国统治吹入新风，想要报答旧时恩情的文心兰正在独自奋斗。暂且尽量保持原状，任其生长。因为俺要尊重文心兰那没得到照顾也要奋起的决心。俺觉得如果立刻将它搬进屋里，这家伙拼命长出花蕾的努力便没有了意义。

也就是说，它向国王提出了谏言。对于无视臣民的哀叹，散漫地惩治蔓延的恶势力，只管对外寻求新移民的俺，这家伙等于说了这番话：

"吾王啊，对在下开花您做何感想？吾辈有此能力，能将之引出的应当是您啊,吾王。一直以来,您究竟成就了什么呢？"

所言极是。不过，说这些话的其实是俺，总之彻底反省了一番。渐渐地，室外变冷了。俺这才把花盆放进了室内。那带有斑点的花蕾排列成行，一天天长大，最后展现出黄色蝴蝶。一朵接一朵，花儿开放，随风摇摆。比当初捡回来后开放时花开得更大。这也让俺更加欣喜不已。

曾被未能开花就走向终结的盆花打垮，也曾对衰弱的花感到悲哀的俺，因这更加大肆绽放的黄色蝴蝶们受到了鼓励。俺身体里满是久违的阳台人的喜悦，并且洋溢着希望。曾经只是为浇水而浇水，只因担心肥料不足而毫无意义地机械地施肥的俺，可以说已经化作了一台机器。那个曾对意外开放的花儿舒展笑颜,从不断生长的枝茎获得元气的俺,已被全然忘记了。

　　令俺回想起这一切的是文心兰。

　　那个曾被抛弃的孩子。

1998 年
11 月

(November)

青鳉：学校 [1998.11.26]

存活的青鳉仅只剩了一条。

夏天。在短短一周时间里，竟然死掉两条。

活下来的这条还算悠然地游着，向俺显摆它在生存竞争中获胜的骄傲。毕竟，人家是金鱼缸里唯一的一条。没有了争夺势力范围的压力，当鱼食投下时可以有多少吃多少。

俺作为饲养者也很快习惯了金鱼缸里只有一条青鳉的状况。再也无需担心弄不清谁是谁，并且那悠闲摆动着尾鳍的幸存者也显出王者的优雅。

可是这个月初，意外地被偶然碰见的邻居阳台人问道："记得你养着青鳉的，对吧？"当然是告知了真实情况。然后邻居阳台人不知为何显得很高兴。心想怎么听了几近灭门的惨状还那么高兴，只听他开口说："其实呀……"

原来这人也养了青鳉，这个夏天产了卵，并且几乎全部孵化了。所以呢，邻居阳台人接着说道，需要有人来收留。毕竟阳台上的桶里满满地装着青鳉，一眼看去，只见桶里黑乎乎的。黑色的是眼睛。邻居阳台人解释说。小小的青鳉幼鱼的眼睛把水桶都染黑了，这是多么可怕的情形啊。

俺当然回答说："那就要几条吧。"接受下来，并非因为幸存的那条太寂寞之类的人道主义的理由。俺脑海中浮现的是挤了满满一水桶的青鳉幼鱼的眼睛。无论如何，如此恐怖的光景必须尽早消除才成。怎么说呢，就是那种想为驱赶恶灵出一份力的心情。就像对闹鬼的人家说"真难为你们了"并寄予同情那般，俺在数日后拿着玻璃杯走出了家门。

招待俺的人家里有一只可爱的猫。但它丝毫没有要袭击青鳉的样子。毕竟黑乎乎的一桶青鳉的震撼力的确十分了得。想知道究竟有多可怕，俺探头看了看。不过，看样子已经分出去很多，桶里已经不能说是黑乎乎的了。倒依然是乌央乌央的一桶。"发现水草上有鱼卵，于是随手放进水桶里，结果就这样了。"这样说着，邻居阳台人笑了。笑过之后问："大概多少条……"本想答五条，但"六七条"的回答先冒了出来。只因青鳉主人期许的目光太过强烈。

结果杯子里有了八条青鳉。小心地平端着走回来，立刻放进了鱼缸。它们的大小参差到奇怪的地步。只因孵化的日子略微不同，就有从幼儿园小孩到中学生那么大的家伙。当然最大的还是原本那条，显示出长老之风。最小的感觉像精子似的，让人不禁想叫它一声"小不点儿"。小不点儿小到几乎被当作金鱼缸里的污垢，所以长老完全将它看成鱼食，张开了嘴巴。俺顿时担忧起来。

要是一不注意小不点儿被吃掉怎么办？才这么想着，新来的同伴们就已展开了地盘之争。大佬（长老的绰号）也被卷入其中，东游西窜地瞎忙着四处扬威。直到刚才还在想五条足矣，这时俺不禁担忧所有这八条的安危。不，鉴于大佬的心理压力，是九条。

通常在宠物店买的青鳉大小都差不多，因此它们得以比较融洽地群居，向着同一方向齐头并进。河川之类的影像中，青鳉也是那样的。所以《青鳉的学校》才会被广为传唱[1]。然而此地的学校却乱成一团。没有成群结队，全都各自为政，上下乱动，给人一种养了海猴子的感觉。也就是说全然没有整体感，即所谓的班级崩坏[2]。

而且，这崩坏的班级里从一年级小学生到大人都有。身为大人却重返学校的大佬驱赶着中学生，一边遭到小学生的反击。在它们中间，还有精子似的小不点儿事不关己地缓缓游动。混乱至极。简直就是一团糟。

没办法，只好把以前金鱼们还活着时使用的那个较大的水槽拿了出来。犹豫再三，把那八条放了进去。只把大佬放回原先的金鱼缸。也就是说，大佬受到了相对的冷遇。小屁孩们的房间反而更大。并且大佬的位置也被搬动了，它不得不将日照更好的空间让给了新入学的学生们。

---

[1] 《青鳉的学校》，茶木滋作词，田中喜直作曲的童谣。

[2] 班级崩坏，指学生为所欲为、不听教师指挥的失控状态。

之后，大佬仿佛冬眠了一般变安静了。另一方面，在较大的水槽，崩坏的班级里，孩子们今天依然各自四处游动。

正当俺以为青鳉生活即将告一段落的时候，一不小心又踏入了新的养鱼生活。这八条也将各自随意成长，早晚将进入繁殖期吧。想到接下来将会是俺的水桶变得黑乎乎的，此刻就已开始感到恐惧。

1998 年
12 月

(December)

仙客来：歌曲的功过 [1998.12.29]

一直莫名觉得仙客来是很女气的花。不论谁都去买，随便哪家花店里都摆着，说来真是平庸至极。老实说最不堪的是那首歌。《仙客来的芬香》？芬香这说法有必要吗？"泥里钻"可以原谅，"芬香"不行[1]。俺就是看不上这种柔弱的文学趣味。

所以，每到冬天俺总是咬紧了牙关。仙客来充满活力，盛开出应有尽有的色彩，简直像在招呼说"买我买我"。

别想糊弄俺。虽然戴着和小椋同样的眼镜，但俺还没秃。你那"芬香"就够受的了。最后还冒出"蝶蝶"[2]之类的话，俺就连盆烧了你。俺就是这么想的。

然而有一天，周日的小型苗木集市上，俺忽然生出了想买仙客来的念头。记得是一千日元。异常便宜的仙客来们摆放在地摊的货架上，从多少有些长过头的叶子之间伸出了花蕾。简而言之就是"处理品"。不知哪儿来的大妈把开了很久在普通花店已卖不出去的货色拿来卖。突然觉得这倒也不错。那恣意生长的枝茎上，往日美好的"芬香"气息已经消散，萎靡的样

---

[1] 《シクラメンのかほり》（仙客来的芬香）是1970年代的流行歌，小椋佳词曲，这首歌用了"芳香"（kaori）的旧式读音kahori。日语"泥鳅"读作dojou，旧读作dozeu。在此稍作修改以传达意味。

[2] 蝴蝶（chouchou）旧读作tefutefu。

子倒显得更接近"泥里钻"的感觉。

那么买什么颜色的呢？于是细细端详。首先被紫色的吸引，但很可能会让房间显得女人气。又想还不如索性选通红的花，这又会冒出一品红的感觉。一品红是俺坚决不买的少数盆花之一，因为对喜洋洋的圣诞节抱有厌恶。逐渐开始注意到白色。带点儿奶油色的白花清纯而坚定。把花盆拿起一看，只见叶子下面就藏着花蕾。像仙鹤那样弯曲了脖颈的低垂的花蕾长得到处都是。心想，迎来正月时有白鹤也很不错，这才买下，踏上归途。

查证后才知，仙客来非常强韧。只需浇水，然后不时给它擦擦叶子就好。于是，一朵接一朵地，仙鹤们昂起头来，接着便绽放出海螺似的花朵，最后翘起那宛如蝴蝶的花瓣。与通常的花不同，那反转翘起的姿态颇有男子气概。把花谢后变得蔫巴巴的花梗拔掉，后续的白鹤已经等待在侧。这简直是鹤的地盘。取之不尽的白鹤。俺被"芬香"蒙蔽，一直不知仙客来竟如此强悍。怪不得人们总爱购买这花，也是因为将它赠与别人后无需照顾也能一直开放。

终于，俺彻底喜欢上了仙客来。在某片白色花瓣的同一个地方，有只小蜘蛛待着不走，也让俺感到满意。明明没有食物，那小蜘蛛却总是占据着同一地点。奇特的是，只有那朵花一直头顶着蜘蛛，总也不见凋谢。总之，俺开始爱着包括蜘蛛在内的仙客来。

然而不知何时，蜘蛛消失了。在那之前，被蜘蛛认作居所的花谢了，拈起蜘蛛将它移开后，拔掉了花梗。当天它还老老实实地待在新地方，但它大概是不满意。由于每天看着的蜘蛛不见了，俺变得多愁善感起来。如此脆弱的俺的心中，那支歌偷偷潜入。自从购进仙客来，一次都未曾唱起的那支歌终于冒出来。"没有比丝绵色的仙客来更清纯的了。"

俺震惊了。因为俺眼前的正是那丝绵色的仙客来。为什么？为什么俺会买了一盆小椋色的仙客来呢！克制着几乎要昏倒的感觉，俺接着唱了几句。小椋的歌词写道："就像那不知疲倦的孩童，时间超越两人而去。"俺几乎想死了算了。"不知疲倦的孩童"并非对仙客来的直接比喻。但是，作为一种联想，这比喻连接着仙客来的印象。这一来，俺看好仙客来的最大的理由，即它的生命力，也早已被小椋握在手中。然后，小椋将歌曲引向艳羡地凝望着那种生命力的中年人的悲哀。

俺中了圈套。不知不觉间，俺买下丝绵色的仙客来，并被那不知疲倦的强韧所吸引。俺甚至想，说不定，那蜘蛛会不会就是小椋呢？让俺对仙客来心生好感，引导俺走到没有回头路的地方，便立刻逃走了。真应该用显微镜好好看看那蜘蛛。渐渐觉得，看到的无疑一定会是那张脸。

当然，俺才不会借着仙客来描绘中年的悲哀。这是小椋式的存在与俺的不同。不过，对那种花的好评完全相同，却是毋庸置疑的。说"清纯"，甚至"芬香"的男人与俺，在仙客来上其实是同类。

必须用别的简洁词句来表达仙客来的魅力。俺很是焦急。但是越焦急越找不出词句。

现在暂且只能毫无意义地说"泥里钻"。

1999 年
1 月

(January)

再度槭树：哆啦 A 梦独立 [1999.1.26]

有一段时间没下雨了，不过冬天少浇水也没事。没事什么的说得好听，实际上只是"一不小心忘了浇水的日子很多，但没受损失"而已。水分蒸发没有其他季节那么多，水太多反而会冻住。在这一点上，现在对懒惰的阳台人来说也许倒是个好季节。

要说新添的盆花，大约只有第二次栽种的四季报春。它在至今不见衰败的仙客来的旁边，密密匝匝地开着花。报春类。叶片坚硬而略微皱缩，皮肤娇嫩的人摸了会过敏。花给人的印象是"花朵很大的日日草"的感觉，所以怎么说也是庶民派。这庶民派颇令人意外，触摸危险。或许可以说它是个守身如玉的小姑娘吧。

四片花瓣各自在顶端裂成两叉或三叉。初开时是浅粉色，而后渐渐染上紫红。从一根花茎上分发出花梗，你拥我挤地开花，所以花瓣自然而然地相互堆叠，或反转翘起，密集但又轻盈地开放。好似看到一大群蝴蝶在那里，让人不由得感到快活。而且它强健又好养。这种盆花是俺喜欢的类型。

以前养的那盆长得虽好，却因过于强健，徒长得厉害，花越来越小。原本也不是那种可以养许多年的盆花。虽说不顾这情形依然勉强继续栽培是阳台人的戒律，一旦花朵变小，还是会冷落它，在给它的空间和照料上有所欠缺。不久它便显出烂根的症状，变成一位令人无法想象当年辉煌的弯腰驼背的老太婆，然后便逝去了。

它干干脆脆地开了花，又干干脆脆地回到土里。俺开始感到，必须有这样的情怀。

那么，在四季报春这般繁茂的背后，而今出现问题的是那两株槭树。其实它们很健康，并没有枯死之类的问题。只是，两株的生长方式真是各不相同。这实在不可思议，令人担忧。

原本，从它们长根之后，很快就显出了差距。一株嗖嗖地成长，另一株却慢吞吞的。来到这里之后，差距更是大得惊人。"大雄"（长得高的那株的诨名）已超过了二十厘米。而"哆啦A梦"（既然那株叫大雄，也不得不这么叫它了吧）好不容易才有五厘米高。

记得是在去年秋天，将它们移栽到稍大的盆里。记忆中，当时还没有这么明显的差距。但不知道从什么时候起，大雄开始贪婪地掠夺哆啦A梦的养分，依据丛林法则吸收了更多的阳光，茁壮地发育起来。俺一注意到便立刻修正了花盆的位置，让哆啦A梦朝向太阳一方。因为若不这么做的话，它将在大雄的阴影里变得越发无精打采。

然而一旦失去了精气神，它就很难再挺直腰杆了。最近它因为渴望阳光而长得曲里拐弯，简直成了个猥琐的矮子。俯视着它的大雄又是那么意气风发。个子高，叶子的数量自然也多，只见它摆出胜券在握的架势环视四周，俨然一副暴发户的模样。哆啦A梦一直为强势所压，已经是无心再争夺日照权的状态。

这是弱肉强食。与动物界不同，植物界总给人以和平的印象。其实绝非如此。率先长高者可说是必定有福。新来者则必将吃亏。根系缠绕，讨得些散落的阳光，唯有默默生存这条路可走。一声不响忍受着不幸，除了等待近邻的暴发户被虫子之类的纵火犯烧掉之外别无他法。一方耀武扬威地生长，一方则等待着别人的不幸。这就是植物的世界。

俺从大约一个月前就在考虑让哆啦A梦独立。不论别人怎么帮忙做作业，大雄也不曾表示太多谢意，只管随意玩耍随意发育。长此以往，哆啦A梦将失去立足之地。除了回到未来，它将无处可去。

所以要移栽。不过俺其实很害怕。害怕养到这么大的槭树会不会因移栽而立刻衰弱了呢？不断满足着大雄那些过分要求的哆啦A梦，究竟能否顺利独立呢？俺不能确信。

大雄其实也令人担忧。也许正因为有弱小的哆啦A梦的存在，他才因某种深不可测的植物系统得以元气十足地不断长高。这与藤子不二雄F和A的分道扬镳也有些相似。[1] 即使一方显

---

[1] 漫画《哆啦A梦》的作者藤子不二雄是两位漫画家的共同笔名。他们于1988年解除合作关系后，分别以藤子不二雄A和藤子不二雄F为笔名。

出弱小，而另一方显得一帆风顺，也是搭档关系的妙处。他人是不可能看透的。

那么，该怎么办呢？

大雄君与哆啦A梦的别离已迫在眉睫。

1999 年
2 月

(February)

槭树：哆啦 A 梦的瀑布浴 [1999.2.24]

上个月写到的槭树移栽是在本月中旬实施的。简直不堪忍受。

俺万分小心，尽可能慢慢地挖开盆土，倾注最大的爱心将弱小的那株（哆啦 A 梦）拔起，因为太过担忧，连根部的土都没敢抖落，就将它移到了新的花盆里。

哆啦 A 梦在独立之际未发出任何怨言。大雄则丝毫也没有觉察。甚至依然嗖嗖地成长着。

可是，在给新的花盆充分浇水时，俺犯下一个荒唐的错误。因为移栽时没有出错就大为满足，俺麻痹大意了。

当俺喜滋滋地将花盆放在向阳的地方，然后伸出手指想要确认盆土的软硬程度时，盆土竟然是温热的。俺不明白究竟发生了什么事。简直感到头晕目眩。这世上不可能有保持如此奇怪温度的土。

俺又摸了一次，依然是奇怪的温度。忽然明白过来。回头只见厨房水管的水龙头彻底转朝"热水"的一边。

直到刚才俺还在洗碗。俺用温度相当高的热水洗涮了杯盘的污迹。俺将那水，不，严格说来是热水，哗哗地浇在了刚刚移栽的虚弱的槭树上。

俺差点儿当场崩溃了。俺百般珍爱的槭树，因此盘算着让它独立，在新天地得到静养的槭树。俺这是怎么了，竟将它用热水浇灌……

忍不住想立刻将它再度移栽，但是，倘若反而造成伤害可怎么办？脑袋里冒出这个担忧。哪怕一次移栽也会削弱植物的体力。这将给根部尚未适应还被浇了热水的槭树带来多大的损耗啊！

绝望中，俺等待盆土自然回复常温。不过还是老实地补充说明，俺稍微倒了些冷水，试图中和一下。

那其实是温泉，俺这样为自己辩护。何不这样想，对迟迟不见长高的哆啦A梦，实施了温泉治疗。俺让自己振作起来。在露天浴池旁边不是经常生长着槭树吗？也就是说，那根是暖着的。正如冬日山间的日本猕猴泡在温泉里那样，俺的槭树一定也处于微醺的状态，一定是的。除此之外找不到话语来抚慰俺这苦涩的悔恨。

自那以后已经两个星期了。哆啦A梦的个头没有长大。如前面所写的那样，大雄享受着一个人的生活，并长高了五厘米。而小哆啦的新叶子似乎有几分要变红叶的意思。估计是经过瞬间的热水考验之后，它以为秋天突然来到了。

如果哆啦A梦可以就此恢复元气的话，说不定温泉治疗也能适用于其他植物呢。为了消除深深的犯罪感，俺这样期望着。怀着对好歹没有死去的哆啦A梦的深厚感谢。

可不是热烈的感谢。[1]

鸽子：不请自来之客 [1999.2.25]

三天前，正要睡觉的时候，床头方向传来奇怪的声响。听着像"咯咯、咯——"又像"咕咕、咕——"。怎么说呢，感觉像是妖怪，吓得俺立时挺直了身体。

不久传来"啪嚓啪嚓"拍打翅膀的声音，教人直起鸡皮疙瘩。才反应过来那大概是一只鸽子。此前的恐惧简直无以形容。

起来打开窗帘一看，那家伙就在眼前，正停在阳台边缘环顾四周。既然住在浅草寺周边，来了鸽子也没什么好奇怪的。不过，此前一只都不曾到访过。

阳台上并没有放着结了果实的植物。它应当不至于去啄食叶子吧。它停在空调的室外机附近，或许是为了取暖也说不定。它不停地"咯咕"叫着。俺对鸽子的叫声怎么也喜欢不起来。于是急忙打开了窗户。鸽子不慌不忙地飞走了。像是习惯了与人相处，其脸皮之厚，让俺有些生气。

只见阳台边缘上到处落着粪便。心想这可不得了了。都会

---

[1] 日文中"厚"与"热"同音。

阳台人当中有人为此扯起了绿色的网。还有的明明不是农家，却设置了那种眼珠似的玩意儿。

顺便说一句，眼珠似的玩意儿，此处的"玩意儿"并非"家伙"之意。没有 GUY 或 DUDE 的意思，总之，俺就是不想以"眼珠气球"这样的名字来称呼它。怎么说呢，您觉得，那是气球吗？所谓气球应该是更美好的东西才对。是向着天空悠悠荡荡地漂浮，或拿在手上把玩的那类物体。那上面画了奇怪的眼珠，俺可不想称之为气球。所以是眼珠似的玩意儿。那东西显得粗俗，让俺想在内心含糊其称呼。

反正，俺一直不希望在自己的阳台上设置绿网或眼珠似的玩意儿。毕竟太不风雅。因为感觉会切断了连接着天空的植物们与天空的交流。俺一直以来享受的是鸟儿、蜂子和蝴蝶们都自由来去的感觉。

然而第二天，鸽子又来了。并且，就在清醒得难以入眠、早晨七点就洒了水的今天，鸽子这小子竟然没有逃走。不但不逃，还仔细地观察了俺的浇水活动。甚至在视线相遇的瞬间，反倒是俺不由得低垂了目光，连哪边是阳台的主权者都弄不清楚了。不过靠近之后，它总算飞走了。但依然保持着如同离开老窝去取食的从容之态。颇有一副"去去就回"的姿态，倒让俺有种被安排来看家的感觉。

俺觉得，鸽子好像就是为了让人生气而存在的。夜里咕咕吵个不停不说，还摆出一副这里就是自家地盘的样子，在阳台上来回踱步。

这样的话，难道俺也不得不借助那眼珠似的玩意儿的力量吗？难道终于不得不把封锁状态、把类似戒严令的紧张氛围带到阳台上来吗？

鸽子。

面对又一不曾遭遇过的事件，俺开始期待这新鲜的辛劳。

1999 年
3 月

(March)

拼盆：一盆乱麻 [1999.3.16]

俺的生日在三月，所以从俺出演的电视节目的工作人员那里获赠了一个大拼盆。

花盆直径有三十多厘米，占据正中的是一棵身份不明的观叶植物。那带裂口的叶子力道十足地繁衍着。虽然至今无法确定它究竟为何物，却是一副漂亮健康的模样。

那植物的脚下种着两种苔藓，从苔藓之间还冒出一枝常春藤来，将花盆绕了两圈、三圈，简直有点热带雨林的样子。

更有甚者，令人高兴的是，那豪华的浓荫下面还种着一棵小小的垂叶榕。虽说它小，其实根已经结实粗壮地鼓涨着，就像猛禽类的爪子那样紧抓着盆土不放。

俺把这些重量级的家伙搬到玄关，痴迷地注视了一会儿，一边思量：那么，放在哪里好呢？这样的问题的确是发生了。

放置地点都还没收拾出来，俺就从阳台上拿来了铲子和空盆。为的是移栽垂叶榕。只要假以时日，它就会长大。一旦长大，它必定跟正中的主角展开地盘之争。叶子们互不相让地你拥我挤，根须纠缠在一起。所以还不如把盆分开。

本来还想把常春藤也移栽算了，但如果那么做的话，到头来就算不上"拼盆"了。俺压住这高涨的欲望，让垂叶榕独立出来，又取了一点点苔藓做成一盆。

结果是把主体放在了北边的窗户下面。此前那里只是随意地堆着些报纸，这才发现好好整理一番还是有办法的。但，头疼的是新垂叶榕的摆放地点。

好不容易找到了空档，以为大盆有了着落，可是再看又多了一个盆。简直就像西西弗斯的神话那样，盆越放越多。

俺在北边的窗前久久沉思。自然而然地看见摆在稍宽的窗台上的四个花盆。最靠边的姜黄近期十分寂静。它会不会已经枯死了呢？嗯，肯定已经枯死了。任意下了独断，赶紧拿开姜黄，把垂叶榕放在了那里。绿意盎然的垂叶榕在窗台的最左侧清爽地安顿下来。

当然还是要去阳台确认一下姜黄的情况。且把盆里的东西倒在"死者之土"上看看。结果，情况怎样呢？这小子虽然纤瘦不已，却鼓出两条根茎。哎呀，这可不得了。俺惊慌失措，将它装回盆里，用新的盆土盖好。就这样，没有了姜黄的位置。俺几乎是茫然地拿着花盆回到原来的地方。实在愚蠢。那里已经放着垂叶榕。

于是只好勉强把放在浴室小窗附近的一盆吊兰移到阳台上比较差的地块，把姜黄安置在浴室里。虽说是安置，姜黄的花盆显得异常地小，怎么也看不顺眼。因为吊兰的大小本是正正好的。

很想返工让吊兰回归原处，但这家伙在阳台边角上，感觉就快被钢筋混凝土的墙壁挤坏了。那惨不忍睹的样子，让俺很厌恶那志得意满地不停把花盆搬来搬去的自己。于是，决定不改变吊兰的位置，拿着眼下最成问题的姜黄在房间里来回转悠。阳台上剩下的位置条件都十分恶劣。姜黄给垂叶榕让出了席位，若不给它稍稍改善待遇，根茎上就无法长出叶子。

看似善良的俺，其实已经让吊兰遭受了相当大的不幸。俺对此佯装不知，继续彷徨。过程中注意到浴室的小窗那里什么都没放，俺屏住了呼吸。竟然是空着的！这里不就可以放它一盆嘛！

为何空无一物？因为现在拿在手里的姜黄直到刚才还放在那里。俺简直就是个傻子。

之后俺拿着各种各样的花盆，把土撒得到处都是，继续着大转移。

思来想去的结果是把垂叶榕放在了浴室，空出来的那部分北窗的窗台则放上了刚刚复活的细香葱，把因为放了细香葱而失去了立足之地的姜黄移到东窗的好位置上。可是，由于那里太过拥挤，姜黄最后还是被埋在了不仅仅是位置差的地块，从"死者之土"长出来的小葱旁边。这回为姜黄腾出来的东边的空隙又显得十分可惜，于是把生了蚜虫几近灭绝、却又漂亮生还的香蜂草的小花盆从阳台上搬了来……

一晃神，俺已经折腾了四个小时。

只因意外到来的一盆花,俺的房间一片混乱。

把拥有的所有花盆到处搬动,又搬回原地,还不停地移栽,于是花盆又增加了。

哦,都市。

有限的资源。

不,有限的难道不是俺的空间把控能力吗?

春:大家都已知晓 [1999.3.26]

俺有点感冒,想去买药,于是走出玄关坐上电梯。那是三月中旬的一天,傍晚之前的事。

电梯里站着公寓管理协会的会长。这位向来对俺和善相待的人戴着口罩。

"您好!唉,俺也感冒了。"俺说。

那人没做声,眯着眼睛,微微一笑点了点头。

俺来劲了,又说:"每天忽冷忽热的,身体真不适应呢。"

然后,那人在一瞬间露出迷惑不解的表情,随即答道:"据说今天刮过这阵风之后就是春天了。"

"哦?春天怎么还不快点儿来呢?"

跟那人道别后走出公寓,俺吃了一惊。和风吹拂的街上已经暖和到令人难受的地步。

俺睡到中午，没有外出一步，所以只有自己还不知道春天的到来。还说什么"身体真不适应""春天怎么还不快点儿来"。竟然没能把握如此明了的天气变化，流着鼻涕，说些稀里糊涂的话，俺难道不是个大傻瓜吗？

几分钟后。一只手拿着药踏上归途的俺，想到一件已经觉察到却没能认识到的重大事实。仔细想来，因虫害而虚脱、从根部被切断的细香葱已经发了芽。彻底枯掉的大盆薄荷正发出小小的绿色。还以为大概已经死了的野梅的枝条上，新芽也冒出头来。可以说这一天，俺虽然身在房间之内，其实应该已经得知春天的造访。

回到家里，连忙巡视了所有的花盆。微月已开始生长。光杆子的木槿也长了小芽。最突出的是，两盆朱顶红中搬进房间的那盆竟然长了花蕾。

并未期待它们开花。不抱希望地把一盆放在阳台，一盆放在房间以静观事态。它的确长了花蕾。那形状弄不好只是粗壮的叶子而已，所以俺又确认了好几回。怎么看都是膨胀的花蕾，在耷拉着伸出的叶子旁边探出头来。从朱顶红的信息处理速度来看，两周后它一定能长到五六十厘米高，花蕾将不断膨胀，然后盛放。

大家都已知晓。一进一退的阳气之中，这一天春风将突然吹起，植物们都了然于心。想到这里，俺不禁一阵头晕。应该不是因为感冒。

阳台上的盆花们预知到这一点并不奇怪。但是，放在房间里的植物与俺同样，很难以温度来衡量气候的变化。难道是从时常打开的窗户感知到风的变化吗？抑或是一直在测算着气压的变动？

总之，除俺以外，它们都严密地测定着春天从何时开始，以无声的声音悄悄开始了倒计时，然后就像人类一边看着电子时钟一边大喊"Happy New Year！"那样，一齐朝着天空生长起来。

大家都已知晓。

大家都等待着。

春天。

1999 年
4 月

(April)

阳台：所谓忙得想找猫做帮手 [1999.4.19]

这个月简直超级忙。并非忙于工作什么的。是作为阳台人而忙。

上个月宣告开花的朱顶红开了四朵大花。那盆丝绵色的仙客来花已开得很小，四季报春则更加顺利地继续开放。

向岛的阳台人前辈说是为了祝贺《阳台人的植物生活》的出版，送了一盆重瓣樱花。俺噜噜地骑着自行车去了，把那个直径约十五厘米的花盆放进车筐里，愉快地道谢后又噜噜地骑回来。

"这是在都会适应了三年的樱花，一点汽车废气什么的是不会让它枯萎的。"阳台人前辈说的没错，樱花眼见着绽开暗红色的蓓蕾，在就快干枯的碧桃（这家伙也十分漂亮。为了让红、白、粉色的花密密麻麻地开放，浑身到处都是嫁接的枝条，一名美艳的科学怪人）旁开始讴歌春天。

在近旁展现着深紫色花朵的是山茶。这也是不知怎地一时兴起，从花店刚买来的。还有，已搬进房间里的文心兰也长出三根花枝，虽不及往日盛况，但也开出黄色的花来。你到底打算对俺报恩到什么时候啊。算了吧，稍歇一阵如何？花朵之盛，让俺几乎要说出这样违心的话来。

更让俺高兴的是，红掌长了花苞。图鉴里详尽地写着控制浇水的时期、施肥的时期等事项，但俺不记得自己曾遵守过。管理着数十个花盆，还要记得那个不浇水，这个浇水要少，另一个要浇得像发洪水一般。这样的记忆力超出了人类的限度。如果这么做的话，最后将会忘记何时给谁浇了多少水，一个月后所有植物必将死绝。

所以，俺差不多只是看着土壤的情况浇水，叶子的状态不好的话，就插上液肥安瓿，撒上菜籽油渣，偶尔想起来再给点儿钙粒。不过，仅只这样，花居然也开了，怎能不惊喜呢？

红色的部分还很小。形似花穗的黄色苞片很像玉米笋的样子。苞片每天长大一点点。开始还以为它会像往常那样长出有些发红的叶子，长开后肯定是一成不变的绿叶，所以几乎没怎么注意它。然而某日，忽然看见它开了花。

阳台界没有反季节开花这个词。这是俺的信条。所以，对那些皱起眉头，说什么"这时候开花不正常啊"的家伙，俺统统以城市生物的名义给予藐视。不得已过着城市生活的它们，是无法依照自然循环生存的。若按照那种落后于时代的做法，就会走向灭绝。所以，任何环境它们都要适应，必定要活下去。于是会在图鉴里没有记录的时期开花。

正因为是这样的都市植物，俺才会视如己出般爱着它们，准确地说，与它们同住。并且，当它们身在都市却为了遵守季节而做出奇特举动时为之感动，即使变节也照样对其变节表示赞赏。

且不说这些，四月给俺们阳台人带来勇气。这是由植物决不变节的部分而来的恩惠。因为此前那些适当的辛劳偶然有了成果，开了花，还拼命地发芽。植物总是超乎俺们的预想。不曾照料的那棵却突然冒出花芽，盘算着差不多该扔弃的枯木上，突然渗透出绿色物质。

所以，对于植物，其实俺们几乎没有什么能为它们做的。只要有水，这些家伙就会随意变节，或顽强地遵守着传统，只管由着性子行动。

对了，之前已经不抱希望的藤萝也发出了新芽。俺在阳台人前辈那里学到了让藤萝开花的秘方，于是急忙换了托盘，往里面装满水，开始了休克疗法。香蜂草和细香葱长得实在是过于旺盛，于是尝试了所谓的收割。而另一边搁置着没有收割的小葱渐渐长成普通大葱的粗细，大约五天前终于开出圆脑袋的葱花。

啊，俺究竟应该写什么、如何概括才好呢？——看着植物们的行动，俺上蹿下跳地一会儿去翻翻土想给它们增加氧气，一会儿又根据太阳的方位不停地给它们变换位置。

写下这一切是不可能的。

总之，四月很忙。

阳台人不惜缩短睡眠时间，一个接一个地实施着蛮勇的计划,睡前还一边嘟哝着,明天一定要搬动某盆花,或是必须给某棵花施道谢肥。

忙得想找猫做帮手,说的就是这般情形吧。遗憾的是,俺们不能这么做。因为那些家伙反倒会呼哧哈嚓地嚼叶子,不高兴时就会把花盆推倒。

也就是说,俺们甚至无法借助兽类的帮助。于是越发忙碌且孤独。

四月的思考:为何我们将花儿置于近前 [1999.4.29]

今天是四月第二次大移栽&播种的日子。尽管俺因连日工作疲惫不堪,不过,把好不容易才得来的一个休息日花费在阳台上,这是身为阳台人的使命。不做也得做。只因此时正逢春。

艰难地把卫生间那盆一直放心不下的绿萝搬出来(因为繁茂的叶子和枝茎之类都纠缠在一起),正想给它培上新土,再生纸做成的花盆就掉了底儿。原来它早就腐烂了。俺慌忙换了盆,往里面满满地盛入培植土。

把早先就极想播种的细香葱和薰衣草做了处理,又把被蚧壳虫戕害得虚弱不堪的咖啡的侧枝也全部彻底修剪后,将它们从窗边移到阳台。另外,又把接受采访时获赠的两盆绣球合为一盆，给它们喷了雾。同样也是受访时得来的三种意大利蔬菜种子都发了芽，所以不得不忍痛间苗（正考虑把余下的种子赠送给《阳台人的植物生活》的读者。毕竟那包装怎么看都是给农家使用的，所以足有种一块地的分量）。

俺家赏花大会的参加者们带来的做菜用的香菜（真应当感谢岛田雅彦、奥田光这两位作家界首屈一指的做菜高手。托他们的福，俺的阳台又多了几个愉快的伙伴），还有在超市买到的芝麻菜，也是栽进土里就一下子长了根。读者寄来的向日葵种子也长得十分茁壮，房间角落里放着的紫斑风铃开了花，俺急忙给它做了保养。

再一看，六出花也开始开花，俺不顾连日的疲惫和激烈的运动导致的晕眩，喘着粗气将它搬到了房间里。同样开着花的绣球花还在外面，为什么俺偏偏要把六出花移到窗畔呢？即便确信几乎没有人会抬头仰望那里，但俺依然感受得到抽象的他人目光。所以，俺选择了尽量靠近这种他人目光的地方来摆放六出花。

在路边栽种盆花的阳台人们（俺称之为路上派。他们是园艺界的杰克·凯鲁亚克）也时常这样做。种在家里，开花时就摆到路边，或是把开得更好的花盆移到前面。俺曾经把这样的行为解释为小小的炫耀。毕竟俺也同样，并没有把一开始就开着的绣球花摆在窗畔。无意识中优先摆了自己养大的六出花。

然而，当结束了所有的劳作，面朝阳台瘫软地坐下来，俺开始思考刚才感到的"抽象的他人目光"。并且想到，阳台人同好们，还有俺，之所以想把自己培育的花呈现在别人眼前，并不能只是简单地概括为炫耀。

俺十分清楚，那六出花的绽放无法长期持续。不，原本说来，此时开着花这件事本身就是一个奇迹。不论怎样照料，或是像俺这样放任自流，花儿都会选择在该开的时候开花或不开花。所以，花儿会突然开始生命的飨宴，并在短时间内枯萎凋零。

俺们阳台人对这种随心所欲，对这般奇迹，一边纯粹地感动着，一边感知到这奇迹不久将迎来终结。认识到自己将花儿置于近前却完全无法干预，对仅仅一朵花也感到"你厉害"，觉得以俺一个人的视线，与如此重量级的存在是不般配的。俺们阳台人不就是这么想的吗？

对稍纵即逝的花儿，要想赞颂那神奇的生命绽放，两只眼睛终究是不够的。正因这份感受，我们才将花儿献给他者。在内心某个角落想着：请千万要看看它。以俺卑微的眼睛是无法承受这奇迹的。

也许赏花也是一样的。并不是赶去看樱花开，我们是因为樱花要凋谢才急忙跑去赏花的。惦记着什么时候才是最佳时机，为下了雨、刮了风而叹息，为的就是让更多目光来抵偿樱花的盛放。

话题再回到俺的阳台。获赠绣球时它已经在开花，所以奇迹的感觉便消减了大半。正因为在开花才被出售。但如果是在含苞待放的状态入手，随后才开花的话，俺肯定会尽量为它设置一个别人的目光能及的摆放地点。

春天造访每一个阳台人，在道旁、阳台和屋顶催生着奇迹。面对这些奇迹，全国的阳台人同样都为自身视线的卑微而哀伤，于是将盛放的花儿送到他者面前。

或许，真正看见花儿的他人的目光依然是不够的。为了寻求足以与一朵花相配的众多的目光，或更有分量的目光，阳台人焦躁地继续奔走着。这时，我们的意识当中被设定了"抽象的目光"。为了把花儿奉献给比自己更强大的目光。

想必在久远的往昔，正是花儿请求了神灵。无精打采地面对阳台，俺不由得这样想到。人类历史上，恐怕在神灵以前就有了花儿。正是这花儿的开放给我们人类的思考中引入了"抽象的目光"。在巴厘岛，人们将花儿献给神灵时，或是在日本的寺庙和家庭里装点供佛的花时，并非先有神灵或佛祖。是先有了花，后来才有了需要，需要一个能完完全全承受这奇迹的存在。

位于原始宗教的根基之上的，是这种感应着生命绽放的精神，是对自身视线的轻微焦虑。如此说来，每当花儿开放便想尽办法要让自己之外的目光来观赏的俺们这些阳台人，就成了拥有往来于古代和现代的能力的人类。

俺得以释怀，便起身向六出花那边走去。与人类自以为是的想法毫不相干，花儿正在绽放。对它们而言，任何宗教色彩的思考于生存都毫无必要。即便如此，总觉得花儿被移到窗畔后，显出了十分满足的样子。这是因为俺体内的野蛮人正在骚动。是因为阳台人被春天挑动着，让潜藏在脑子里的智慧花蕾开出了花朵。

1999 年
5 月

(May)

五月的鱼：青鳉增殖 [1999.5.24]

不论阳台还是室内都充斥着需要照料的植物，而青鳉也面临严重的事态。

好像是四月末还是五月初，忽然看见水槽里的水藻上浮着奇怪的圆点。直径不到一毫米的透明圆点。一时间也不知那是什么，心中很是茫然。

若是水藻呼出的氧气泡的话，透明度又太低。但可以肯定不是变质的鱼食残渣，也不是青鳉粪之类的东西。

难道……这么想的瞬间，看见圆点以远不止一个两个的数量粘在各处水藻上。何止水藻，连青鳉屁股上也拖着呢。

是鱼卵。仔细看的话，能看到圆点里确实有两点黑眼珠似的东西，那表面很有弹力的样子，让人联想到鲑鱼子。

急忙到步行约一分钟距离的百货店，在顶楼买了水藻，取出曾经用过的那个布袋形的水槽，往里面放了水。那水槽浪费了植物们宝贵的空间，所以被收了起来。不过，如果将鱼卵放任不管的话，很显然会被青鳉父母吃掉。换言之，俺做出的是生命还是空间的终极选择。

用玻璃吸管吸了鱼卵，再挤到新水槽的水藻上。几乎是把眼睛紧贴在水槽的玻璃上，想看清是否还有鱼卵。最初俺以为鱼卵大约有四五个，并为之狂喜，随后便为眼前的严重事态而垂头丧气了。鱼卵已经下了差不多二十来个。并且，只要青鳉屁股上还拖着鱼卵在游，无疑还会进一步增多。

屏着呼吸找出鱼卵，将之吸取并转移。然后又拼命地寻找鱼卵。即使一个不漏地转移了全部，到了清早，青鳉父母们又会有奇怪的举动，雌雄凑在一起交尾什么的。雌鱼屁股上又会附上新的鱼卵。

这项工作会不会没有终结呢？可怕的是，俺这个人类难道将永远为了不停地发现青鳉的鱼卵、不停地将之转移而生存下去吗？渐渐地，放入布袋形水槽的水藻上密密麻麻地附上了鱼卵。如果全都孵化，又将不得不为它们购入新的水槽。毕竟有数十条之多。

鱼卵一时间没什么变化。紧急购入的《生物饲养方法》中，青鳉的条目呼吁道："要注意观察即刻开始的细胞分裂。"但在俺开始有些老花的眼里（青鳉卵让俺清楚地得知了老花的征兆。俺因新生的小生命被迫发觉了自己的衰老！）看不出任何变化。不过，仔细端详，发觉黑色的眼珠会动。"哎，活着呢。"这么一想，对接下来将面临的水槽地狱的担忧也顿时消散了。

总之要孵化。无论如何也要让鱼卵孵化。如果弄得家里到处都是青鳉的话，也可以把它们倒进隅田川嘛。俺还自顾说，"青鳉可是濒临灭绝的种类哦。"其实面临灭绝之危的是本地品种，而不是俺养着的绯红青鳉。它们反倒是威胁着本地品种的那一方。也就是说俺其实是在欺瞒着明日的自己，好让自己每天专注于青鳉的鱼卵。

然后，青鳉出生了。出生了一条之后便接连不断地出生。细细的线头似的小家伙们突出着黑眼珠浮在水里。担心它们是不是死了，试着吹一口气，它们便突然一激灵，向着各处瞬时移动般游去。真是可爱极了。被它们的可爱压倒，俺继续一心一意地转移鱼卵。

可是，过了大约三个星期，水的状况开始恶化。因为《生物饲养方法》中青鳉篇写着"请将鱼食弄碎后喂食"，俺毫不怀疑地照做了，可是对方的身体如此微小，鱼食肯定是吃不完的。不久，那些残渣上长出了白色的霉斑，小青鳉们便时常下沉在水槽底部。

即便如此，若要换水就必然要清洗水藻。水藻已开始发黑，只换水是没用的。因此俺无计可施，只能靠呼呼地吹气来促进水的运动，并用喷壶从水面加水来补给氧气。

从某一天开始，青鳉一条接一条地发白，开始像小鱼干那样横躺了身体。这样一来，用玻璃吸管不停地清理尸体变成了每天的日课。庆幸的是，青鳉父母此时停止了产卵。俺含泪清洗了水藻，并换了水。一些鱼卵终于为了大多数的利益而成了牺牲品。

这结果，青鳉父母应该早已预见到了。因为当俺听取了宠物店阿姨的建议——换水,不喂鱼食它们自会吃水藻——之后,它们立刻又开始产卵。

盆栽植物俺已经相当适应了。因为已经适应,今年从众多的花盆里开出花来。但是孵化青鳉卵这样的难事还是头一回。

关于所谓的经验,俺对世间常有的教训向来是概不相信的。俺丝毫不认为经验是第一位的。但想到给植物浇水、照顾青鳉的幼鱼这类事情,不得不承认确实存在着单靠知识所无法把握的"分寸"这种东西。

因为不懂得青鳉的"分寸",俺才杀死了许多小青鳉,因为懂得盆栽植物的"分寸",俺才能让花儿常开不败。

人们说经验无法诉诸语言,的确如此。在眼见青鳉一次又一次死去之后,才有了渐渐领会的"分寸"。如果世间的人更加准确地教给俺的话,也许年轻时俺就会被说服吧。实际上,"有一种无法诉诸语言的所谓默契的智慧,若不能掌握这种智慧就无法成功。世界上这样的事不在少数。"并且,"得以认识到这种默契的智慧,只是极其细微的人生体验。"

就这样,俺今天也在观察着青鳉,同时将数个花盆换成更大的,并为它们松土、喷水,调节着其他的一切"分寸",最后站在阳台上,眺望下着小雨的天空。

为的是确认俺的"分寸"。

1999 年
6 月

(June)

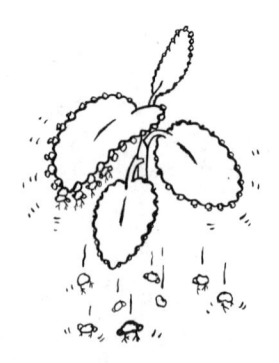

落地生根：喜新厌旧 [1999.6.20]

藤月鸡尾酒早早地开始今年的第二次花季，意大利白豆即将迎来收获，但叶子十分瘦弱，青鳉依然不断地诞生又死去。将注意力分散在这些细碎的事情上，反倒感觉眼光变得长远了。

即便来到阳台上，也不会坐下来盯着某株植物看个仔细。因为瞬时把握了整体状况，同时做出诸如"糟了，春油菜和芝麻菜长了虫""放任不管的姜黄好像球根上又发了叶子"之类的具体判断。虽然意识依然朦胧，但在处理各种事态的过程中，阳台已经恢复了原先的平静，俺保持着远望的目光，关上窗户。

可是，这般习以为常还算不算阳台人的乐趣呢？也就是说，俺身陷于这种根本的迷惘之中。

直到数年前还经常使盆花枯死。正因致其枯死，才又引入后续的生命体，对后续者倾注全副注意力。倾注过度又引起烂根，落得垂头丧气的结局。简直就是恐慌的连续。

然而到了今年，突然，已经很少有让花枯死的事了。自从几个月前，牛至原因不明地突然死去之后，俺再也没有造成任何伤害。

照通常的想法，这是一件大好事。可是这一来，种花这方难免会变得无聊起来。正因为体质上习惯了让花枯死，它没死的话，反倒令人感觉时间仿佛停止了。不知不觉间，发现自己正从根部收割前面写到的春油菜和芝麻菜。本来只需仔细地给它喷药，使其复活就好，却偏要做个大手术什么的，主动制造紧急事态。

这种情况叫作文化的颓废。植物每天都在完成细微的变化。尽管如此，若没有抢劫或杀人之类的事，便觉得这一天没有变化。最后甚至到了仰望天空盼望世界末日的地步。

虽然也觉得不太正常，但俺依然无法摆脱颓废。无意识地企盼着戏剧性的变化，一边忍受这颓废，一边以殊死的决心继续着小小的移栽和位置的调整。对绽开花朵的向日葵也毫无感动，常春藤难得状态良好，让它沿着墙壁向上攀援的作业也显得机械化。

就在这时，从附近传来了好消息。

说是"有种名叫落地生根的神秘植物，快来取吧"。而且前辈阳台人还在电话上以一种看穿了俺的语气说："差不多没东西可写了吧？这玩意儿有趣着呢。"俺确实对能让人眼前一亮的植物满怀渴望。

连忙打车前往一看，那其实是一种景天科植物，有着多肉植物特有的、说来也就是把芦荟压扁了似的叶子。盆土里插着的标牌上写着"越长越多的长寿花"，越发有种怪异的感觉。

"这里，这里。看，看这个呀。"

经前辈提示，只见叶子像是锯齿的形状。锯齿部分的叶子稍稍往下扭曲，一个个扭曲延续在叶片两侧。

更仔细地端详，才发现在那扭曲的一部分空间里附着类似寄生植物的东西。两三片圆叶子正是多肉植物的幼崽。那些幼崽当中，有几个已经发出了白色的根须。

"它们哗哗落地，立刻就能生根。"

前辈说着，又笑道："毕竟它就叫落地生根嘛。"

也就是说，可怕的是，叶子两侧密密层层地形成一个个克隆，它们不停地落下并增多。虽不知是怎么回事，要它说奇妙的话，的确非常奇妙。

"这……就是悲惨的永久运动啊。"

俺瞪大了眼睛说道。在此之前俺就为确保花盆的摆放位置挖空了心思。而前辈偏偏送来了"越长越多的长寿花"。在花盆表面已经随处是增殖的克隆们。虽说是克隆，却比母株更加蓬勃地支棱着圆叶子，宛如小麻雀讨要鸟食似的望着这边。

这是挑战。落地生根将越来越多。无法制止它们。也就是说每天都要与不动产问题做斗争。

这种每天持续的迅速变化，等于是在整个阳台上发生的事。只不过落地生根明易地象征了变化本身而已。

落地生根身上发生的事每天都在阳台上发生着。俺心想，必须新鲜地再度去感知这一点。红掌也接连不断地开着花。分成了两盆的槭树也每天都在长高。不停地生产着将会死去的鱼卵的青鳉们今天也争食着鱼食。快要死去的杜鹃花在叶子一片一片地凋零后,发出了通透的绿叶。

对抗这种成长、这种增殖,只能靠构想。俺大概是在构想上无法突破,所以才会规定了阳台能容纳的花盆数量,并感到无聊。

所谓文化的颓废其实也就是构想的停滞。当构思枯竭被搁在一边而满足于现状时,变化就消失了。

俺打算这就去找可以用图钉吊在墙上的小花盆。俺的房产依然有可以放置植物的空间。只要利用墙壁,就可以随意摆放少浇水也能活的植物。

俺以比落地生根的增殖更快的速度驱动着头脑,尝试不断地催生创意。俺再度认识到,这其实是阳台植物生活的另一种魅力。

1999 年
7 月

(July)

涸色：六出花 [1999.7.20]

"印加百合"六出花虽然在俺的阳台植物生活中到处露面，但自打它登场以来，却还不曾细说过。

首先因为它很强健，即那种无需太操心的植物，所以很容易被撂在一旁。另外还有一个理由，是花开得太频繁。难以断定这是不是最好的时候，因此没必要急着把它写下来。

换言之，简直没有哪种植物比它更好养，比它更富趣味。

就那样种在花盆里随处一放。状态不好的时候，细细的叶子便不断地枯掉。但即使枯掉也不会伤及根部。

想起来时就给它适当晒晒太阳。于是这家伙将枯黄的叶子抛在一边，蓬蓬勃勃地长起来。并在不知不觉间在枝头打了两三个骨朵。骨朵最初是以卷曲的叶子的形状出现的，很容易被忽略。所以俺的注意力还是朝向别的植物。不久，那低调的花蕾稍稍鼓起，透出花的颜色。

俺家的六出花基本是粉红色，花瓣也夹杂了白色和黄色。所以花蕾上也透出这几种颜色。新长的花蕾上还留着最初的叶绿色，怎么说呢？那颜色相互渗透的感觉，就好像刚做好的饴糖工艺品一般。

那表面闪着润泽的光，而且无比新鲜。所谓"色"出现在这世界的瞬间，说不定就是这样的吧。俺甚至觉得，在空无一物的"无"的空间里，色应该就是以这样的感觉洇出来的吧。

细细想来，某种植物的花蕾最初几乎都是由绿色渐渐变淡，再逐步染上那种花特有的色彩。在花蕾表面，也就是绽开的花朵的背面，它们开始渗透自己的个性，让我们预想到开花时的美丽。

植物看上去几乎都是除了茎、叶的绿色，以及根须的棕色之外没有别的色素。然而以某个时刻为界，它们突然开出红、黄、蓝，或是紫、白，甚至黑色的花朵。这件事本身对俺而言是极其神秘的。所谓神秘的意思就是，无法理解它在科学上应作何解释，并在无法理解的情况下深受感动。

六出花将这种神秘的递进明白地展示出来。我们只当它是被绿色花蕾包裹，会突然绽开花朵，而往往忘了它的内容物原本也是绿色。然而六出花洇色。洇色告知我们色素的出现。同时看到的还有绿这个颜色逐渐退去的模样。

从今年春天开始，六出花状态很不好，俺将它暂时搬进屋里，放在迎风的窗畔让它静养。这时俺注意到，它们正从土里不断发出枝茎。不可思议的是，在此之前竟然丝毫未感到不可思议，而六出花确实正在增加。

另外，这家伙一旦状况不佳，枝茎本身就会变黄，不久转为棕色，彻底蔫掉。一伸手竟然很轻易地拔了出来。那下面并未连着根。一拔就断，简直就像牛蒡什么似的。

拔掉的枝茎旁边已经出现了崭新嫩绿的新苗。说来俺已经拔掉相当数量的枯枝。即便如此，它依然及时补充空缺，甚至在枝头长出花蕾，并洇出了色彩。

心想若有观察蚂蚁的成套工具该多好，这一个多月俺一直在犯愁。不停地翻挖观察让整个植株受损就不好办了。所以很想从侧面确认那些没有根的枝茎究竟是如何增加的。

既然被称之为百合，估计可能是球根吧。不过虽说球根的系统是通过长大分裂来形成新苗的培育空间，那"能轻易拔出"的构造并不能说明这一点。当然从球根拔出时不留痕迹的假说倒还成立，不禁很想知道，那拔掉枯枝后的空洞，球根是如何处理它们的。

将如此有趣的现象展现给你的植物并不多见，且这边不用花什么工夫。等到开了花，那小小的花朵美丽又复杂，最近作为鲜切花也随处可见。

虽说此前对它一直十分随意，俺此时此刻却满怀着想要推[1]六出花的心意。俺甚至要说，如果有盆栽的六出花，绝对应当购买。

不过还是要提醒一句，它的枝茎很容易折断，简直到了惊人的地步。洋溢着生命力，却又非常容易折断，这才是六出花

---

[1] 偶像圈用语，"推"指的是将谁作为自己的偶像。

的优点。并非不堪一击，换言之即生性干脆利落。

"你让我别开花我就不开吧，反正还有的是机会。"大约就是以这种感觉，它们把接力棒交给了后发的枝茎。任由折断的自身继续向球根（也许）输送着生机。

越写越觉得它真是好样儿的。俺就是喜欢这样的爽快人。要命啊。简直。对六出花，俺这是着了迷了。

事情就是这样的，您就当被俺骗一回，请一定要尝试栽种一下这种野性又纤弱但又爽快的植物。

对了，再补充一点，感觉这家伙基本上喜欢室外，把它关在家里的话就容易失败。毕竟是印加百合嘛。一点儿西晒根本不算什么。

1999年
8月

(August)

大忙特忙：青鳉与幼虫 [1999.8.30]

这个夏天很忙。

因为青鳉出现了异常事态。

如之前所写的那样，俺将幸存的那条大青鳉以及从邻居那里新带来的小青鳉统统放进了一个水槽。虽然并不相信风水，但据说南边不宜有水，所以想把带水的东西尽量减少一些。

为此，俺不得不照料不停产卵的青鳉。因为《生物饲养方法》中写道："只需将预先隔离的雄鱼和雌鱼放在一起，春夏之间青鳉就会大量产卵！"

于是在几个月的时间里，俺成了青鳉的奴隶。水槽本身、装鱼卵的容器、还有分装刚刚孵化的幼鱼的金鱼缸，再加一个水杯用来装玻璃吸管吸出来的污垢（因为那水藻似的东西里有可能藏着鱼卵），也就是总共四件带水的东西摆在了南边。

不久，成功养活了十多条的俺将它们转让给了近邻的豆子铺。若不赶紧转让的话，青鳉父母将永远繁殖下去。当然，俺每天都把后续产下的鱼卵移到容器里。

然而，在俺仅离家四天后回来一看，幼鱼专用的金鱼缸里除了长大的一条（其实也就是八毫米大小）之外，不见了小青鳉的影子。也没有尸体沉在缸底。这究竟是怎么回事呢？几天里，俺只要有空闲就走到金鱼缸旁边探头去看，边嘟囔边寻思。

于是某一天,俺发现在水草上趴着一个奇怪的河虾似的生物。这家伙身体透明而细长,屁股上有三根好像折叠起来的竹蜻蜓羽翼一样的尾巴。看上去很吓人,俺便试着用玻璃吸管戳了戳它,它慢吞吞地蠕动起来。然后又异常迅速地游了几下。

这家伙到底是谁?不知怎地,内心深处有种奇妙的感觉。由于很想查个究竟,俺在金鱼缸旁边度过的时间越发的长了。即便在热得要命的中午,俺也站在金鱼缸一旁,甚至对热带夜的空气也无所畏惧,汗水滴答地窥探,不停地观察着那谜一样的河虾似的东西。简直就是个看守。

然后,在某个午后,俺心中的谜团终于解开了。或者应该说,是它长成了解开谜团的形状。

"是水虿!是水虿!"[1]

俺相当大声地喊了两声。虽然不可能听见,但那生物的眼珠滴溜转动了一下,那眼珠已长到很大,让人想起蜻蜓。

这究竟是怎么回事啊?实际上新水草是俺从位于涩谷偏僻地带的百货店补给的。估计是蜻蜓在那些水草上产了卵,然后成功孵化了水虿。不仅如此,那水虿还趁俺不在家时,把可爱的小青鳉们吃掉了。

俺急忙把水虿移到了别的杯子里。不能再增加牺牲品的想

---

[1] 水虿,蜻蜓目昆虫幼虫时期的统称。

法，还有像早年小学时代那样盼着把水虿养育成蜻蜓的热望交错在一起。唉，从风水上来说又迎来了严重事态，但即使俺的命运受到一二影响，为了偶然被带来这里的水虿也不可惜。

见义不为无勇也。嘴边冒出一句多年未曾想起的成语。但也弄不清什么是义什么是勇。反正，俺面对水虿专用的杯子，沉浸在往日的回忆里。俺与朋友岩濑君一起，成天跨过江户川去水元公园一个劲儿地网捞水虿的回忆。

那么，如您已知的那样，俺的记忆力有着重大的缺陷。或者说，记忆力根本几近于无。因此，除了家里开酒铺的岩濑君把水虿放进了巨大的酒樽，其他事俺都想不起来了。也就是说，事到如今完全不知道该给水虿喂什么才好。

于是，翻开俨然已是俺的圣经的《生物饲养方法》。暂且，先学习了这个夏天一直抱有疑问的"蜘蛛的织网方法"。由于炎热难捱，俺又吃了根"杏子棒冰"消了消暑，然后才慌忙翻到蜻蜓的条目。那里写的是蚯蚓或蝌蚪之类。难不成为了这迷失在浅草的水虿，俺还得特地到哪里的水池里去采集饵食吗？想来这会在生活上成为很重的负担。

就在这时，俺的脑海里浮现出了一个绝佳的主意。那就是小青鳉。毕竟它们是因俺奋力劳作才顺利出生的，并且水虿这家伙也是靠吃它们才长到这么大。既然如此，除了小青鳉就别无选择了。

想到的瞬间，由于这主意实在太妙，简直觉得眼前一片雪亮。不过，马上又恢复了理性。俺到底是想养什么啊？并且，为此到底应该牺牲什么？尽管曾为饲养青鳉投入到那般地步，却在水蚤刚出现的时候，俺就生出了要将这些小鱼儿当作饵食的企图。激烈的困惑向俺袭来。

翌日，作为折中方案，试着给它喂了小青鳉的尸骸。水蚤理都不理。抱着一线希望，又尝试把小鱼干撕碎了扔进水里。可能因为有点臭味，像是引起了它相当的注意，水蚤挪到附近一动不动地望着鱼干。但还是没有吃。

还差一步。俺还差仅仅一步就要把刚刚出生的可爱的小青鳉倒进水蚤的杯子里吗？可以想象，饿死的水蚤一定非常瘆人。与其看见那样的东西，牺牲几条惹人怜爱地四处游动的小生命也是可以原谅的吧。

所谓的"义"真是可怕。因立场不同，便可得出截然相反的结论，总之要让小青鳉被那家伙抓在尖利的脚爪之中，并被它大嚼肚肠。

不，并非所谓"义"的问题。想来这是俺的人性与趣味的斗争。那么，俺将会在何时染指这种行为呢？

首先明天，为了把自己从犯罪中挽救出来，俺想去买水蚯蚓。如果它依然不吃的话，水蚤的事以后就不会再写了吧。还请诸君到时默然领会俺家南边的窗畔发生了什么，并为之流下泪水。

　　实际上，青鳉父母的水槽那边生出了两只田螺。

　　在涩谷的百货店购买水草，在某种意义上也许很是危险。

1999年
9月

(September)

醉芙蓉:纪州与东京 [1999.9.4]

俺把盂兰盆节时买的醉芙蓉的花芽弄枯了,不过又让它复活了。

醉芙蓉是一种能在早、午、晚变换花色的植物。最初是白色,然后渐渐染上红色。说是渐渐染上,其实并没有看见,只是说明上这么写着。几年前买来,勤恳地加以照料,它却在展现美丽的色彩变化之前变成茶色枯死了。自那以后,俺暗自决心什么时候还要再买一棵醉芙蓉。

俺喜欢芙蓉的花。这花与木槿或蜀葵一样,有种湿纸的触感。枝茎纤细,一眼看上去好似柔弱,却又嗖嗖地长高。这一点似乎刺激了俺的潜意识。要说花瓣本身,跟虞美人应该算是同系列的感觉,但芙蓉以叶片鲜绿和枝茎水灵更胜一筹。

已故的中上健次[1]在其小说中象征性地使用一种名为夏芙蓉的虚构植物。在描述名为"小巷"的多层空间时,几乎必定会让夏芙蓉出现在那里,开出散发浓郁香气的花朵。

近六年多来,每到夏天,俺就要前往中上先生的故乡纪州[2]新宫市。为的是出席有关中上文学的研讨会,但除了第一

---

[1] 中上健次(1946—1992),现代作家。作品多以故乡和歌山县一带为背景,以乡村的家族关系及年轻人孤独压抑的内心世界为主题。代表作有《岬》和《枯木滩》等。

[2] 纪州,指古名为纪伊国的和歌山县及三重县一带。

年的主题演讲之外，俺几乎没有从事过任何知性的活动。几乎都是刚一扫完墓，就每天跑去胜浦一带的海边，背着渔民偷偷潜海，捉些鲉鱼或马面鱼之类。

泡温泉的夜晚，便步行至站前，只管倾听其他与会者的文学讨论，极其偶尔地说笑几句，吃饱了饭然后睡觉。如此反复。如今已然觉得新宫就像自己的老家一般，每当夏季来临，俺便自然而然地想："啊，可以回去了。"大约就是一种跟在大哥们身后随意玩耍的心情。对负责照顾我们的熊野大学的各位，俺抱有一种类似于远房亲戚的亲近感，对中上则有大伯父似的感觉。在那场合，俺总是得到和善的宽容，就像年龄最小的孩子那样游玩着。身在纪州的俺就是这样的。

从新宫车站回到住宿的旅馆途中，在一片像是停车场的柏油铺就的空地旁边，有一栋小小的木结构房屋。那栋房子和狭窄的道路之间长着一棵芙蓉。从俺第一次访问新宫时起，每年都要看看那棵芙蓉。并非是特意改变路线去看。反正肯定是要路过的，到时就确认一下花是否在开。

今年没开花。去年开了。之前那年如何，已想不起来。这棵比俺稍高但枝茎总是纤细飘摇的芙蓉开的是白花。在昏暗中仿佛含有荧光物质一般，朦胧地闪着微光。每当有光，俺便不由得高声叫道："今年芙蓉又开了。"已喝了不少酒的同伴们也应和说："真的啊，去年也开着呢。"花没开也就罢了，俺仍然忍不住要说起这事。而同伴们也还是会附和俺的感叹。

因为是中上的故乡，就特别在意芙蓉，其实并非出于这种文学青年式的动机。只是，第一年开着的芙蓉在第二年也开着，而后以为它不开了，哪想到再后一年它又开在那里。一定是这般年月的积累方式让俺感受到了故乡的意味。正因那是一棵随时被拔去也不奇怪的模样寒酸的芙蓉，才让俺在那悬念中为再会而感到喜悦，才会像最小的孩子那样一直介意着大家都不感兴趣的事。

然后，是关于俺的醉芙蓉的事。今夏，去了趟父母居住的千叶，突然母亲说要去植物园。她好像时常去那座位于两站地之外的植物园，这次大约是想带上现已彻底变成植物爱好者的俺去一趟。

那里就有醉芙蓉。二话没说，俺买下了它。连同从家中的狭窄庭院挖来的月桂树和太阳花之类，俺把芙蓉带回浅草，把它放在了阳台的一等席上。

伸展的枝头已经长了好几个花芽。芙蓉或蜀葵所独有的、也就是俺莫名偏爱的那种大大的叶子也十分精神，所以去伊豆一带游玩时，俺丝毫未曾担忧。心想大约三天时间不在家应该不要紧。于是对其他盆花采取了各种各样的对策，只把芙蓉放置一边。

回来一看，状况很凄惨。花芽完全变成了牛奶咖啡的颜色，健康的叶子也几乎都枯萎了。遭难的只有这盆醉芙蓉，简直不明白为什么会出现这样的疏忽大意。花盆确实偏小。为何俺竟然特意将满心期待的花芽置之不顾呢？

当然是连忙浇了水，剪去干枯的叶子，进入了紧急治疗的态势。难能可贵的是，芙蓉马上恢复了原先的元气，再度发出许多叶子并开始长高。除却枝头的花芽，它已彻底复活。

花要等到来年了吗？那么照俺的估计，不开花的几率是百分之八十。

然而到了九月末。事态发生了好转。从一旁发出的枝茎顶端膨胀起来，眼见着变成了球状。俺几乎怀疑自己的眼睛。不管怎么怀疑，那就是花蕾。圆球被九根细爪似的花萼包着。爪子渐渐张开，这也证明隐藏在内部的圆球已膨胀得撑开了爪子。等到中间的圆球露出来的时候，像是决不能让它落下似的，那紧握的爪子的模样恰似握着圆珠的龙爪一般。对啊，想来这不就是中国画和日本画中龙的构思的原点吗？

圆珠也让人想到宝珠。俺擅自坚信，佛教美术与植物确实有着紧密的关系。怀着这种坚信，令喜悦为之倍增，是俺的做法。如果不这样做的话，俺会大声喊出一些莫名其妙的话来，所以靠拼命地沉迷于学问式的联想来克制自己。

现在，显然正要开花的花蕾有两个。不过，仔细观察的话，会发现直径数毫米的花蕾正从这里那里探出头来。一朵接一朵不断开花的生命力,这也是俺喜爱芙蓉和蜀葵以及木槿的理由所在。简直每一天都欣喜不已。只要有一朵开始开花,第二朵花几乎必定会开。这是盆花界铁打的定律。

今年的残暑十分严酷。炎热一直持续着。也许正因如此,醉芙蓉才得以复活。如此说来,好容易才有了秋意的现在又稍许令人担忧。如果到了这地步还是开不了花的话,俺将受到非常严重的打击。

唉,观望别家的芙蓉,念叨着今年又没开花之类,是轻松的。如此便得以沉浸在以自我为中心的乡愁之中。然而一旦芙蓉成为自己的,那就是另一回事了。必须现实地加以关注,怀着满心欢喜的同时,还必须一直皱着眉头。

俺现在,为了芙蓉正展开戒严的态势。

1999 年
10 月

(October)

花束：作为花瓶的花盆 [1999.10.24]

就在几天前，出席了一个名为讲谈社随笔奖的颁奖仪式。得奖的是俺。而且获奖作品就是这《阳台人的植物生活》的单行本。哎呀真是可喜可贺。

宴会的情形且不说，俺那天从各方人士那里获赠了祝福的花束。虽然近来用盆花做礼物的情况也不少，但是把盆花送给俺这个阳台人的确要相当慎重才行。可能谁也不乐意在事后被写些这样那样的坏话吧。大概是因此，大家都为俺选了花束。

回到家里，立刻把它们插进了花瓶。但是花多到把所有的花瓶做了总动员也不够用的地步。这种时候，觉得利用一下金鱼缸也是可以的。轻易产生这种想法是俺的毛病。尽管青鳉还在游着，不知为何却很想把花插进去。

毕竟，各处房间里都放着装满了水的花瓶。发生地震的话，那分量估计足够用于火灾的紧急处置。继续增加的话，简直到了要担心水灾的地步。因此越发禁不住地想，若是能利用金鱼缸的话，还可以稍微抑制一下湿度的增加。

但是，俺总算没让那愿望变成现实。因为，在今年的中盘阶段，俺已经开发出完美的花束对策。

那就是装了"死者之土"的巨大花盆。朝那土里，俺噌噌地把花插了进去。俺想，所谓插花，难道说的不就是这样的方式吗？毕竟，花回到了原先所在的土里。它们由此将能得到水分、营养、细菌甚至夜盗虫的侵害。当然，顺利的话，还有可能发出根须获得再生。要想把花插活的话，这是个绝妙的主意。

每当在其他工作中获赠鲜花，俺总是马上将花束解开，专门选择像是会长根的花插进土里。巨大的花盆突然变得繁花似锦，形成一个估计连新潮的园艺爱好者都会投之以艳羡目光的拼盆。要说它好在哪里的话，那就是会产生一种仿佛是自己栽种而成的错觉。所以，要尽量毫不刻意地插，努力不要留下记忆，于是翌日早晨假装不知情地来到阳台就成了俺的乐趣。

"啊，开花了。"

自己认同着这样的谎言，俺面对不劳而获的拼盆，做出震惊的样子。即便开花是假，但会不会有忘乎所以的家伙开着开着就发出根来呢？这个期待令俺激动不已。

故意把怎么也不可能长根的家伙插进土里也不错。这类花实际是很难栽种的，所以这辈子大概都不可能在阳台上开花。看着这种不好伺候的家伙在阳台上华丽盛放，心中很是畅快。

也许是俺想多了，总觉得采用这种方法，花儿更能持久。即便开始枯萎，也觉得这是大自然的规律，所以不会太沮丧。能以"那么就明年再见了"的积极心态送别它们。也就是说，获赠花束几天后的那种寂寞将会成功地消散。

遗憾的是，到目前为止，顺利长出根须的花一枝也没有。

不过，俺决不会因此灰心丧气。反正本来就是要枯萎的花朵。万一其中出现了想要参加咱们的阳台队伍的奇怪家伙的话，那倒也是个奇迹。如果愿意被随便浇灌，每天遭受恶劣的对待，还要经历断了肥料吃都没得吃的艰难困苦，在那个把能开的花都种得开不出来的恶人手里长大——如果出现了这样的怪家伙的话，简直足以让俺开心到晕倒在地吧。

也建议大家千万要试试。得了鲜花请立刻送往阳台。以近乎不可能的漂亮姿态开放的花儿会让你有种那是你独自一人养育而成的感觉，于是你会发誓说：

哪怕一生只有一次，有朝一日，定要种出这样的花，给你们看看。

1999 年
11 月

(November)

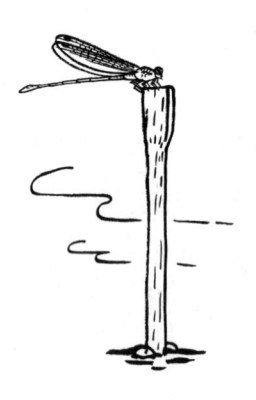

水蚤：发育不良 [1999.11.30]

活在一九九九年十一月的俺对那只水蚤有着难忘的回忆。

买来给小青鳉做鱼食的颗粒，俺一直用来喂那只依旧活着的水蚤。装青鳉鱼卵的容器里长出来由不明的丝状虫子，俺也马上用玻璃吸管吸了放进水蚤的容器里。

就那样一直也没怎么见长，水蚤在水底悠然地生活着。为了使水垢得到清扫，俺把同样是自然生出的田螺也放了进去。所以水蚤自身是否吃了饵食，俺一向未能确认。即便如此，把田螺捞出的话，暴露在炎热的夏日之下，那混浊的水将迅速发臭。水蚤就会死去。

俺不时地给它换水，持续关注着水蚤。每天一次又一次地观察它的样子，寻不见它便大惊失色。不过，水蚤总是藏在某处悄无声息地活着。

轻率地给它取了个名字叫阿六。之前以为它会死掉，所以俺忍着没取名字。但是，在一个残暑难捱的日子，看见还活着的水蚤时，俺不由得叫出一声"阿六"。

阿六这小子很少运动。只管紧抓着水藻一动不动地呆着。然后九月过去，进入十月。

俺休了个迟来的暑假，去南方的海岛住了大约十天。托了人照顾植物和青鳉,但没能很详细地说到水虿。反正它会死去。既然会死去,就干脆当它不存在才最是妥当,俺已然放弃了。

尽管如此,俺回到家做的第一件事,就是去看水虿的情况。俺疾步走进放着装水虿的容器的书房,然后发出了一声惊叫。竟然,容器里插着的那根较粗的方便筷上,停着一只豆娘。

它是阿六。除阿六之外别无他人。这家伙经历了所有苦难,终于变成了豆娘。小而纤细的身体上闪着绿色的光,眼珠通透而美丽。阿六!俺一次次呼唤它。当然不可能有回应。它只管拼命地紧抓着筷子。

将那身姿欣赏了一会儿之后,俺把阿六连同筷子拿到阳台上。筷子插进盆土,展露在初秋的夜风中。而后它晾干翅膀,就会向空中飞去吧。俺这样想着。

然而过了好几个小时阿六也没起飞。给帮俺看家的朋友打电话致谢,才知其实阿六早在两天前就从蛹里孵化了。也就是说,它变成豆娘后一直待在原地。

阿六不会飞。得知这个事实的瞬间,俺满怀着无以名状的惆怅来到阳台。风是冰凉的。俺急忙抓住筷子,然后把阿六带回了房间。

也许是因为它在水虿时期没吃食的缘故,或许是蜕皮的时机太晚,或许由于非自然状态的生活使它变得虚弱。承受着诸多恶劣条件,阿六竭力变成了豆娘。然而,它已经没有了起飞的力气。

第二天和第三天，阿六依然紧抓着筷子不放。然后，再一看，它已紧握着筷子死去了。绿色的光泽依然，但阿六的生命已断绝。

太可怜了。俺责怪自己。当初发现时，将它放进哪处水池该多好。这样的话，也不会有给它取名阿六这么不自然的事情发生，它本来应当是飞舞在秋日天空中吃虫，与其他伙伴交尾后死去才对。

俺小心翼翼地将遗骸从筷子上取下，用手指捏着一直端详。端详的过程中，俺责怪自己的方式发生了变化。俺想到，虽然俺觉得阿六是不自然的，但那想法本身才是不自然的。

傍晚的暴雨形成的水洼里也会有豆娘去产卵。它们还会在汽油桶上面那不久便会腐臭的积水里产卵。既有可能把卵产在急流里，也有可能产在屋檐下放着的金鱼缸里。

条件并非总是齐备的。不，还不止于此。就算是在条件完备的水池或沼泽里产了卵，恐怕依然会有豆娘像阿六那样无法飞翔。

俺们只是偶然看见得以飞舞的豆娘，感受到大自然的规律，对大自然的造化神奇表现出震惊。然而，在那会飞的豆娘背后，还存在着一只只不得已而生来翅膀残缺的豆娘、不幸腿脚发育不良的豆娘、甚至没能长成水虿的豆娘。俺们被"生命之完美无缺"蒙蔽了双眼，无法想象那无数的铭刻了并不完美的死的生命。

如果这就是觉得那些身体有残障的人奇异的原因，那就说明，俺们其实只是不了解生命的多样性而已。俺家的阿六也只是大自然的一分子，并未身处矛盾之中。俺就是这么思考的。

看着正在飞的豆娘，还要想到不能飞的豆娘。要有彻底的观察，才算得上是能够朝向"自然"的感觉。这是阿六美丽的遗骸教给俺的。

阿六现在还没被掩埋。它躺在木头制成的南岛的盘子上。俺想，等到确实领悟了它的教诲，并牢记于心的时候，再将它埋葬。

1999 年
12 月

(December)

花盆：永远的反复 [1999.12.31]

与植物共同生活，俨然已变得如同呼吸般寻常。

既是习以为常的植物生活，便不再增加花盆。反倒是擅自增加的田螺成了问题。一回神，这个冬天又有了新成员。说是新成员，也并非全然陌生的植物。

比如,俺竟然又购入了"丝绵色"的小盆仙客来。还有桔梗。据说这是开红花的，目前还是球根状态，但也不可忽视。说到不可忽视，芍药根也一样。

尽管此前已失败过多次，俺依然无法抵抗芍药那枯木般的苗木。被干脆地折断的枝茎，芍药就是以这等状态被出售。从苗木的根部长出形似蜥蜴脚爪的花芽，让人知道这算是长了根。俺总是屏息观望那红色花芽慢慢膨胀的样子。长到一定程度之后，时间便停止了。过去曾有过的例子教人害怕，所以俺尽量不对它许愿。不愿大失所望，所以压抑着感情观察。难能可贵的是，目前芍药的花芽长势良好，以慢镜头般的速度继续膨胀着。不知能否开花。虽说不知，但开花的可能性存在着。

另外还添购了馥郁滇丁香。它连日开出淡粉色的花朵，现在正要奔向长叶子的时期。虽说来年它到底能否开花才是重点，但俺已经放弃了一半。说不出为什么。但只是看着馥郁滇丁香刚开完花的样子，俺就想：唉，下回恐怕没希望吧。是根据叶子的属性下的判断，还是根据其个体的健康状况得出的想法，俺也不太清楚。

馥郁滇丁香旁边是侧金盏花。它的花被类似蜂斗菜的那种浓绿包裹着，一边增长着质量，一边持续膨胀。只要浇水别出错，就一定会开花吧。每天增长的植物，大多会直接到达开花的状态。因为，信息铺陈速度快，与其生命力的强大成正比。即便在开花后经历长久的沉默，这类植物也能在稍后一气呵成般长大并绽开花朵。

馥郁滇丁香到达开花的速度也相当不凡，不过与侧金盏花的方式有着本质上的差异。因为在馥郁滇丁香这方，只有开花时才会迅速地铺陈信息。侧金盏花不同。包括花萼的部分，恐怕连根部在内，都在助长着开花。可以说变化的整体性才是其特征。

这类具有整体性变化能力的植物即便放任不管也会开花。在都市的阳台上，让人感觉会存活多年的植物必定拥有这个特征。所以，反观馥郁滇丁香，俺还是会不由得生出"唉，大概仅限今年吧"的感想。

直奔开花的整体性的变化。变身（Metamorphose）的急速。

也就是说，是植物教给俺：这就是都市生活的必要条件。不单是花这种明了的外在，还要有内在的每天持续的变化。不论置于什么样的条件下都能应对，但在最后阶段，却能开出最初就已注定形状的花来。

虽然一个接一个地添置着盆花，但是俺想看的是植物独有的强悍。

幻化的力量。

每天都与昨日有所不同。

决不重复自己。

但是，一年过去，又保持着差异，周而复始。

俺有种从植物得到启示的感觉。并且，这种感受如今已成为日常，这让俺稍有些震惊。在都市与植物一起生活，不是别的，正意味着每天感知这种启示。

一边重复，却又不再重复。

植物即生活在这完美的矛盾之中。

文库版后记

现在是阳历2004年，阳台植物生活依旧淡然地持续着。尽管如此，俺已不再将其详细地往主页上记载了，因为回应采访总感觉太麻烦。这是俺的坏毛病。

采访者几乎每次不问一些"开始培育植物的契机是什么？""感觉最辛苦的是什么？"之类的问题就过不去似的，某种程度上也是没办法的事。但是，俺总是想，这些主页上不都写着吗？只要读一读就不必问的。

重复是俺不擅长的事。且不说植物般新鲜的重复，正因为单纯的重复都很无聊，俺才会毫不厌烦地培育金光菊或贴梗海棠之类，以不回顾上一行的速度写下那些文字。

然后,就感到了厌烦。就像"是的,有一天母亲寄来了吊兰、翡翠木和箬竹……""难的应该说是水量的控制和确保置放位置吧"，种种回答，说来都是在植物身上不应有的重复，真教人为难。

若是花草的话,这是跟死亡同等的事态。在眼睛看不见的地方,它们或是每天移动着根须,在凝固的新芽中进行生命的补给,或是不断地向死亡靠近。因此对俺而言,严冬里浇水和盛夏里浇水便会出现巨大的不同。正因如此,大体说来虽然不过是反反复复的阳台人生活,其实每天都发生着微妙的变化。

所以,俺不再写了。只要俺不再志得意满地把无关紧要的事胡写一通的话,日子就是平稳的。平稳而又变幻自在,只有反正会死这件事是肯定的。这样的俺的一天天过去了。也就是说,招致无聊的是俺自己,换言之就是想要表达点儿什么的平庸招来了"植物所不应当有的种种重复"。

在这里要先申明,决不是各位采访者的错。是俺不对。全都是俺的德行不足导致的后果。归根结底,何为表达?那股寒酸无聊气究竟算什么呢?

只管默默地把肥料拌进泡沫盒子,麻利地往驱赶野猫的矿泉水瓶里装水的老太太,实际上绝对不会进行无聊的反复。而这边,没人跟你打听,却自己喜滋滋地唠叨"有一天母亲寄来了吊兰、翡翠木和箬竹……""难的应该说是水量的控制和确保置放位置吧"之类的老生常谈。

不过,那种自由的重复不可能无聊。无聊的只会是被问到的自己。因为,对当事人而言,不论何时那都是新鲜事。就像植物似乎重复地度过今年、明年甚至后年，但其实每天都在柔和地持续着幻化。每一次老太太的心情也随之不同。或者说是不知厌倦地重复着最初的感动。正因不将这种感动作为表达固定下来，重复才会持续。

因此，同道的阳台人诸君啊！俺也将一如既往地继续。在去年的苗木集市，俺买下了莴苣、葫芦两枝、山椒、杏树、马兜铃、全缘灯台莲（它能开出神奇的黑色花朵！）、澳洲茄、红花鼠尾草、月见草、太阳花两棵、木槿……以上共计十一种，并且大多都种死了。

彻底适应了阳台植物生活，感觉把花草种死才是非常事态的俺的内心里，因这过度的狼狈，正可谓引发了眼睛看不见的、相当细微但又值得高兴的变化。

然而，各位同道，关于这变化，还是不在这里追根究底地写了吧。如植物般安静地活在那种不同之中，对现在的俺而言，简直快乐得心里痒痒。

话虽如此，如果俺又唐突地写起来，到时还请多多谅解。毕竟长期不写的话，结果又将陷入足以令人唾弃的重复之中。

就像植物能轻易地反季节开花那样，对优雅地避免反复的方法，俺通过阳台植物生活，已经是一个在头脑深处、在身体的各个角落里都将那方法深深刻印下来的人了。

那么，在最后，由衷地祝愿大家美好的植物生活更加长久。

作为证据,请允许俺在这里向各位发出一声呼吁:
共同拥有天空的朋友啊!
谈何战争?人类之流有什么了不起。你说呢?

本书出版文库版之际,将单行本未及收录的文章全部纳入的是多年来的友人、新潮社的中岛君,为本书新做设计的是坂本志保女士,画了追加插图的则是笹尾俊一先生。衷心感谢。

2004年1月12日 于东京的晴朗清晨

伊藤正幸

本书是在一九九九年由纪伊国屋书店发行的《阳台人的植物生活》的基础上,添加了作者于一九九八年十月至一九九九年十二月在主页上后续连载的十八个章节后,进一步补充修改而成的。

图书在版编目（CIP）数据

阳台人的植物生活/(日)伊藤正幸著；吴菲译. -- 上海：上海文艺出版社, 2020
（2022.7重印）
ISBN 978-7-5321-7624-3
Ⅰ.①阳… Ⅱ.①伊… ②吴… Ⅲ.①随笔－作品集－日本－现代 Ⅳ.①I313.65
中国版本图书馆CIP数据核字(2020)第060287号

BOTANICAL LIFE―SHOKUBUTSU SEIKATSU― by Seiko Ito

Copyright © 1999 Seiko Ito

Chinese translation rights in simplified characters arranged with

SHINCHOSHA Publishing Co.,Ltd. through Japan UNI Agency, Inc., Tokyo

著作权合同登记图字：092018-540

发 行 人：毕　胜
责任编辑：肖海鸥
特约编辑：田肖霞
书籍设计：山川 @ Gabryl Duke Worksop

书　　名：阳台人的植物生活
作　　者：(日) 伊藤正幸.
译　　者：吴 菲
出　　版：上海世纪出版集团　上海文艺出版社
地　　址：上海市闵行区号景路159弄A座2楼 201101
发　　行：上海文艺出版社发行中心
　　　　　上海市闵行区号景路159弄A座2楼206室　201101　www.ewen.co
印　　刷：苏州市越洋印刷有限公司
开　　本：787×1092 1/32
印　　张：11.5
插　　页：2
字　　数：191,000
印　　次：2020年6月第1版　2022年7月第2次印刷
I S B N：978-7-5321-7624-3/I.6068
定　　价：48.00元
告 读 者：如发现本书有质量问题请与印刷厂质量科联系　T:0512-68180628